KB051452

고양이
처방전

딱지책 001

고양이
처방전

이수연 씀

단비
danbi

책을 여럿 썼지만, 시작을 쓴다는 건 무척 어려운 일이다.
하고 싶은 이야기를 꾹꾹 눌러 담기엔 이어지는 글을 느
긋하게 즐기기 힘들 것 같고, 별 얘기 없는 공백으로 하
기엔 첫인상이 심심할 것 같다. 그렇기에 느긋하게 즐기
면서 심심하지 않은 글을 생각한다.

우리 집에는 고양이 두 마리가 있다. 석 달 터울인 두 녀
석은 아빠가 같고 엄마가 다른 배다른 형제다. 다행히 사
이는 나쁘지 않다. 데려올 때부터 함께여서 꽤나 의지하

고 지내는 듯하다.

둘째 이름은 슈어. 마이크 회사의 이름을 따서 슈어라고
지었다. 슈어는 엄마를 닮아 털이 희고 눈매가 얄브스름
하다. 털이 흰 고양이답게 푸른색 눈을 가지고 있다. 한
없이 푸른 눈을 가만히 보고 있으면 아쿠아마린 보석이
떠오른다. 반짝이는 여름 바다 같은 아쿠아마린. 까칠한
성격과 어울리게 깔끔 떠는 성격인지라 털 결도 부드럽
다. 털을 가만히 쓰다듬고 있으면 은빛 갈대가 떠오른다.
손가락 사이를 비집고 나오는 은빛 갈대. 고양이 하나에
온 세상 아름다움을 새겨 넣은 듯하다.

첫째 이름은 니브. 음향 기기 회사의 이름을 따서 니브라
고 지었다. 니브는 아빠를 닮았다. 아빠는 엄청난 미묘美
猫인데, 그 기운을 타고나서 꽤나 귀여운 얼굴을 하고 있
다. 이건 슈어도 마찬가지다. 하지만 니브는 어딘가 모르
게 부족하다. 분명 슈어와 형제인데도 털 결은 뻣뻣하다.
그루밍을 안 하는 것이 가장 큰 이유겠지만, 털 길이도
슈어보다 길고 퍼석퍼석한 느낌이다. 새하얀 슈어와 달리
여기저기 회색 털이 섞여 전반적으로 밝은 회색빛을 띠
고 있다. 먹을 것에 욕심도 없어 보이는데 덩치는 산 만

하다. 슈어와 비교하면 둔하고 낙천적이다. 그렇지만 니브도 눈만큼은 반짝인다. 슈어와 같이 아쿠아마린 같은 두 눈이다. 조금 다른 점이 있다면 니브의 두 눈은 봄 바다를 떠올리게 한다는 것. 온기가 담긴 그 눈에 항상 사랑이 담겨 있다.

이런 고양이 두 마리와 함께 산다니, 세상을 다 가진 것 같다. 어쩌면 세상을 다 가진 사람의 이야기일지도 모르겠다. 부족한 인간이 고양이와 함께하며 좀 사람다워진 얘기라고도 할 수 있겠다. 비록 고양이 사진은 담겨 있지 않지만(고양이를 잘 찍는 것은 무척이나 어렵다), 머릿속에 제각기 가장 사랑스러운 고양이 모습을 떠올린다면 아마 두 고양이와 크게 다르지 않을 것이다. 설령 색이 다르고, 몸집이 다르고, 생김새가 다르다 해도.

가장 좋아하는 고양이를 떠올리며 느긋하게 산책하듯, 이야기를 하나씩 밟아 나가길. 길을 걷다 가장 사랑하는 것과 눈이 마주쳤을 때, 고양이처럼 천천히 눈을 깜박이며 마음을 전할 수 있길.

차 례

내 삶에 고양이가 들어왔다

데스티니

[destiny, 운명]
-인간을 포함한 모든 것을 지배하는 초인간적인 힘. 또는
그것에 의하여 이미 정하여져 있는 목숨이나 처지. 〈표준국
어대사전〉
-인간을 포함한 우주의 일체一切가 지배를 받는 것이라 생
각할 때 그 지배하는 필연적이고 초인간적인 힘, 또는 그
힘에 의하여 신상에 닥치는 길흉화복. 〈두산백과사전〉

나는 늘 궁금했다. 입양을 결정하는 부모를 볼 때면 수많

은 아이 중 어떻게 자신의 자식이 될 아이를 결정하는지.
피가 조금도 섞이지 않았고, 비슷한 처지에서 자라는 많
은 아이 사이에서 입양 부모가 마음을 결정하게 되는 것
은 어느 부분인지.

그러다 우연히 실제로 입양을 결정한 아버지의 이야기를
듣게 되었다. 이야기를 나누다가 자신의 아이들 얘길 꺼
냈고 첫째와 둘째는 친자식이고 셋째부터 다섯째는 입양
이라고 했다. 자식 다섯을 먹여 살리기 위해 열심히 돈을
벌어야 한다고 말하면서도 여유 있게 웃는 얼굴에서 마
음의 부유함이 느껴졌다. 평소 입양에 관심이 많은 나는
그분에게 입양을 결정하게 된 이유를 물었다.

"입양 전에는 저도 제가 아이를 선택하는 것이라고 생각
했어요. 그런데 지금 자식들을 만나며 알게 되었죠. 선택
은 우리가 하는 게 아니에요. 아이들이 제게 와 준 것이
지요."

넉넉한 웃음 뒤에 따라온 깊은 의미를 담은 말에 나는
정신이 번쩍 들었다. 애초에 내 질문은 잘못되었다. 입양
을 '나의 선택'이라고 생각한 질문이었으니까. 운명같이

내 인생에 들어온 아이를 위한 행동이 아니라 아이와 나, 우리를 위한 운명 같은 일이었다고.

고양이를 입양하러 간 곳에는 수많은 고양이가 있었다. 생김새는 모두 비슷했지만, 성격도 제각각이라 숨는 고양이도 있고 처음 보는 내 뒤를 졸졸 쫓는 고양이도 있었다. 그 고양이 대부분은 입양될 애들이었기에 제대로 된 이름 하나 없었다. 어디 하나 미운 구석이 없는 고양이들 사이에서 나는 그곳이 천국이라고 생각했다. 하지만 그 많은 고양이 사이에서 가족이 될 고양이를 어떻게 골라야 하는지 알 수 없었다. 고양이들의 생김새는 미묘하게 달랐지만 처음 본 고양이들은 어쨌거나 그냥 '고양이'일 뿐이었다.

"간식 줘 보실래요?"

입양처에서 츄르(고양이 간식)를 나에게 주셨다. 츄르를 드는 순간 수십 마리의 고양이가 떼로 몰려왔다. 그중 능숙하게 다른 고양이를 제치고 제일 앞에서 츄르를 받아먹는 아주 작은 고양이 하나가 있었다. 자신의 성격을 강하게 어필하며 울어 댔고 열심히 츄르를 얻어먹었다. 생김새도 오밀조밀하니 특히나 귀여웠다. 이 녀석이구나. 우리가 될 가족.

그렇게 한 마리를 정했는데 그 옆에 조금은 멍청하게 생긴 고양이가 츄르도 하나 못 받아먹고 질질 흘렸다. 질질 흘린 츄르는 다른 고양이들이 뺏어 갔다. 눈도 약간 몰렸고 덩치만 크지 다른 고양이들한테 밀리는 고양이를 보고 있자니 마음이 흔들렸다. 이렇게 제대로 받아먹지도 못하는 고양이라니! 너무 사랑스럽잖아!

원래 내 계획은 고양이를 한 마리만 입양할 생각이었다. 그러나 먼저 정한 녀석 그러니까 지금의 슈어도, 먹을 것을 질질 흘리는 모자란 녀석 니브도, 누구 하나 포기할 수 없었다. 내 마음속에 두 녀석이 들어왔다. 다르게 말하면 두 녀석이 나를 선택했고, 우리의 운명이었다.

"어떻게 하시겠어요?"

둘을 두고 마음을 못 정하는 나를 보며 입양처에서 물었다. 슈어는 첫눈에 들어온 녀석이라 먼저 마음속에 들어왔고 니브는 너무 사랑스러웠다. 특히 니브는 덩치도 크고 개월 수도 분양이 잘 안 되는 6개월. 더 작고 귀여운 애들이 많으니 시간이 지날수록 분양이 더 어려울 터였다. 나는 고양이를 보며 고민에 빠져들었다. 계획대로 하나만 데려갈 것인가. 둘 다 데려갈 것인가. 그러나 이미 두 마리에게 간택당한 나는 계획과는 다르게 "둘 다 데려갈게요!"를 외치고 있었다. 아⋯ 아직 고민이 끝나지 않았는데도!

그렇게 비슷하게 생긴 수십 마리의 고양이 중 딱 두 마리가 내 가족이 되겠다며 다가왔다. 선택은 내가 하는 것이 아니라는 말이 피부로 와닿았다. 물론 가족을 구할 마음으로 찾아간 곳이었지만, 내가 한 일은 그곳에서 츄르를 들고 먹이를 준 일밖에 없기 때문이다. 그런데도 먼저 다가와서 눈에 딱 띄고 마음에 쏙 들어와 버리다니. 이건 그야말로 운명, 데스티니다. 그 한순간의 선택으로 고양이들의 죽음까지 책임져야 하지만, 그 책임의 무게보다 함께하는 기쁨이 더 큰 일상을 주는 녀석들. 내 운명의 짝이 된 녀석들.
진심으로, 이렇게 와 줘서 고마워.

수십 마리 중 하나였던 고양이는 그렇게 슈어와 니브가
되었다.

여러분!
우리 집 고양이 좀 보세요!

은근슬쩍 상대의 휴대전화 배경화면을 보게 될 때면 그가 무엇을 좋아하는지 알게 되곤 한다. 굳이 남의 배경화면을 신경 쓴다는 뜻은 아니고, 택시를 타면 어쩌다 택시 기사의 휴대전화 배경화면을 마주하게 된다. 이때 나이가 지긋하신 기사님이면 가정에 손주가 있는지 바로 파악할 수 있다. 손주가 있다면 예상하기에 90퍼센트 이상은 배경화면이 손주 사진이다. 때로는 아내의 사진이나 반려동물 사진을 해 놓은 경우도 종종 볼 수 있다. 이쯤 되면 언제 봐도 보고 싶은 것들을 배경화면으로

하는 게 아닐까 싶다.

예상할 수 있겠지만, 내 휴대전화 배경화면은 슈어와 니브다. 막 데려왔을 때, 지금 같은 뚱냥이(돼냥이라고도 한다, 돼지 같은 고양이)가 되기 전 아직은 날렵한 턱선을 자랑하던 때의 사진이다. 슈어와 니브가 올망졸망한 눈으로 나란히 카메라를 바라본 순간을 포착한 소중한 사진. 아시다시피 고양이라는 게 워낙 제멋대로라서 사진을 잘 찍기 힘든데 유일하게 이 사진이 둘 다 잘 나와서 그때부터 변함없이 나의 배경화면은 고양이다.

배경화면을 슈어와 니브로 해 놓은 것에는 봐도 봐도 사랑스럽다는 내 마음이 담겨 있기도 하지만, 속마음으로 조금 더 깊이 들어가면 사람들에게 자랑하고 싶어서다. "저 고양이 키워요!"라고 일차 자랑을 하고 사진을 뒤적이기도 전에 이차 자랑으로 휴대전화 배경화면을 보여주면 사람들은 감탄한다.

"세상에 너무 귀여워요."

그 순간 내 어깨는 하늘을 뚫을 듯이 으쓱해진다. 역시 우리 고양이만큼 귀여운 고양이는 없어. 우리 고양이가 최고야. 세상에서 가장 사랑스러운 녀석들이라니까. 이런 마음으로 한껏 고양이 자랑을 시작한다. 때로는 아직 낯선 사람과 반려동물 사진 대결을 하며 앨범을 뒤적이기까지. 서로의 반려동물 사진을 실컷 보고 나면 낯선 마음이 쓱 풀리기도 한다.

다른 자랑은 불편할 때도 있는데 고양이 자랑은 어쩐지 그렇지 않다. 우리 집 고양이는 무릎 위에도 올라온다, 걸을 때마다 졸졸 따라다녀서 여간 귀찮은 게 아니다, 툴툴대는 듯 보이지만 실은 모두 자랑이다. 상대방도 질투 없이 한마음으로 사랑스러워하며 집사로서 동지애를 다지게 된다. 고양이가 없다면 랜선 집사라며 사진이나 영상을 보내 달라고 요구하기도 한다.

서로 고양이에 관한 얘기로 지루하지 않은 대화까지. 그야말로 마법 같은 시간이다. 오죽하면 보통 사람을 꼬실 때 "우리 집에서 라면 먹고 갈래?"라고 묻는다는데, 나는 친해지고 싶은 사람이 있으면 "우리 집에서 고양이 보고 갈래?"라고 묻게 될 정도다. 그렇게 집에 놀러 오게 되고 한번 더 연락하게 되고. 고양이가 가진 힘이 마법같이 느껴질 정도다.

정말이지 고양이가 돈을 벌어오는 것도 아니고, 좋은 직업(?)을 가진 것도 아닌데 왜 이리 자랑스러운지. 누군가 이 사랑스러움에 호응을 해 주면 또 그게 얼마나 좋은지. 슈어와 니브가 엄청난 미묘도 아니고 뱃살이 출렁거리는 뚱냥이에 귀찮음도 많고 나만큼이나(?) 잠도 많이 자는 딱히 특별할 것 없는 고양이인데도 그저 고양이라는 이유로 자랑스럽고 사랑받는다니. 그야말로 고양이는 신비스러운 존재다.

신비의 존재는 오늘도 집 안에 드러누워 사랑스러움을 털만큼이나 내뿜고 있다. 오늘도 집에 들어가면 이 신비의 존재를 잔뜩 사진으로 담아서 밖에서 실컷 자랑할 셈이다.

만약 당신을 만난다면, 그리고 먼저 고양이 이야기를 꺼낸다면 아마 슈어와 니브의 자랑을 실컷 들어야 할 테니 단단히 마음의 준비를 하길. 이것이 준비된 애묘가의 삶이다.

나는 이 소중한 마음을 담아 크게 외치고 싶다.

"여러분! 우리 집 고양이 좀 보세요! 이렇게 사랑스럽습니
다."

고양이 확대범

우리 집 고양이는 좀 크다. 아니, 많이 크다. 작은 슈어는 6킬로그램, 큰 니브는 9킬로그램이다. 니브 다섯 마리가 있으면 내 몸무게와 맞먹는 숫자다. 여기서 몸무게를 들킨 것 같지만, 어쨌거나 중요한 것은 내 몸무게가 아니라 그만큼 녀석들이 크다는 것이다.

언뜻 보면 3킬로그램 차이는 크지 않은 듯 보이지만(실제로 본다면 그저 둘 다 크다는 느낌이다), 슈어를 들어 올릴 때와 니브를 들어 올릴 때 무게 차이는 확실하다. 슈어는 "자~" 하면서 안으면 품에 쏙 안겨 불편한 표정을 짓지만, 니브를 들어 올릴 때면 온몸을 이용해 "영차!" 하며 안는다. 일부러 그런 소리를 내려 한 것도 아닌데 자꾸 "영차!"라는 소리가 나온다. 기합을 넣지 않으면 들어 올리기 힘든 무게라는 뜻이다.

처음부터 녀석들이 컸던 것은 아니다. 데려올 때는 딱 그 개월 수에 맞는 몸무게였다. 슈어가 2.5, 니브가 3킬로그램 정도. 생각해 보면 애기 니브 세 마리가 있어야 겨우 지금 니브의 몸무게가 된다는 결론이 나오지만, 어찌 됐든 처음에는 아담했다. 오밀조밀하게 손가락과 발가락이 다 달린 것을 보며 얼마나 신기해했는지. 발바닥을 쪼물락거리며 만져 볼 정도였다.

그런데 쑥쑥 자랐다. 쑥쑥 자라다 못해 불어났다. 사료통이 비지 않게 주었을 뿐인데. 고양이는 알아서 식단을 조절할 줄 아는 동물이라던데. 정말이지 너무 잘 먹었고, 또 너무 잘 컸다.

슈어와 니브가 듬직하게 자란 후였다. 사진으로 몇 번 고양이를 자랑했지만, 그날은 고양이를 보겠다며 친구가 집까지 놀러 왔다. 고양이를 키우는 사람은 집에 사람을 데려오는 걸 은근 즐길 수밖에 없다. 왜냐하면 이 사랑스럽고 귀여운 존재를 실컷 자랑할 수 있으니까. "이쁘다!"
를 연발하며 사진을 찍는 모습을 보면 괜스레 뿌듯해져
마음껏 그 순간을 즐기기도 한다. 그런데 놀러 온 친구가
우리 집 니브를 보고 말했다.

"얘 고양이 맞아?"

아무래도 니브는 친구가 생각하는 고양이의 크기를 넘어
선 듯했다. 고양이라면 이렇게 클 수 없다는 생각을 했는
지 고양이 얼굴을 한 고양이가, 고양이가 맞는지부터 의
심했다. 이어 "호랑이? 아니, 그 뭐냐 엄청 큰 고양이 종
류 있잖아. 메인쿤인가? 그런 거야?"라고 되물었다. 난감
했다. 우리 집 고양이는 고양이가 맞을 뿐더러 메인쿤이
아닌 네바마스커레이드라는 나름 역사를 간직한 고양이
다. "그런 거 아냐"라고 말을 해도 친구는 쉽사리 수긍하
지 못했다. 상상과 다른 방향에 당황하고 있는 내게 친구
가 말했다.

"고양이 확대범이네."

순간, 나는 그 말을 '고양이 학대범'이라고 들었다. "뭐? 학대?"라고 다시 묻는데 친구가 깔깔 웃기 시작했다. 그리곤 말했다.

"학대가 아니라 확대. 모르는구나? 고양이를 엄청 크게 키운 사람보고 하는 말이야. 고양이 확대범."

'고양이 확대범'은 인터넷상에서 아기 고양이를 몇 배씩 불려 키워 버린 집사를 두고 하는 말이었다. 인터넷과 최신 정보에 빠삭하지 않은 나는 '학대'라 알아듣고 깜짝 놀랐는데, '확대'라는 말을 듣자마자 빵 터졌다. 대한민국의 엄청난 언어유희에 감탄하며 맞장구쳤다.

"깜짝 놀랐잖아. 나도 왜 얘네가 이렇게 컸는지 모르겠어. 아무래도 전문 고양이 확대범인가 봐."
"밥을 많이 주나?"
"다른 애들이 얼마나 먹는진 모르겠는데, 굶기진 않고 줬을 뿐이야."
"참, 너도 너다."

나는 친구의 말에 화들짝 놀랐고, 친구는 우리 집 고양이 크기에 화들짝 놀랐다. 하지만 이내 친구는 우리 집 고양이의 진면목을 보았다. 슈어와 니브의 간식을 향한 본능은 경계심을 허물었고 덕분에 친구는 마음에 드는 사진 하나를 건졌다. 내게 보내 준 사진 속에는 아주 사랑스러운 슈어와 니브가 있었다. 역시나 뿌듯했다. 우리 애들이 이렇게 이쁘다고.

여섯 살인 슈어와 니브는 이제 더 이상 자라진 않는다. 살이 조금 더 찌는 것 같나 싶지만, 여전히 귀여움을 유지하고 있다. 나 역시 고양이 확대범으로 몰리고 있지만, 애들이 확대든 축소든 건강하게만 살아 준다면 무엇이든 괜찮다. 물론 건강을 생각하면 조금은 식단 조절을 해 줄까 고려하고 있기도 하다.

어쨌거나 고양이는 살이 쪄도 귀엽고 사랑스럽다. 그것은 고양이라는 본질이 변하지 않기 때문일 것이다. 인간도 이렇게 변하지 않는 사랑스런 본질이 있다고 한다면, 누구든 사랑받아야 마땅하다는 말이 와닿기도 한다. 슈어와 니브도 그리고 당신도 모두 사랑받아야 마땅하다.

깜짝 놀란 밤

내 인생 서른. 짧은 인생에 자퇴에 취직에 입원에 별일 다 겪고 죽을 뻔하기도 했다. 나름 산전수전 공중전까지 겪은 인생이라 말하는 나는 놀라는 일이 그리 많지 않다. 무슨 일이 일어나도 그냥 그러려니. 인생이란 게 다 그런 게 아닌가 하며 인생 2회 차, 아니 10회 차처럼 살아가고 있는데 그걸 깨 버린 것이 슈어였다.

평범한 밤이었다. 저녁으로 시켜 먹은 치킨이 남아서 야식으로 맥주와 함께 먹고 있었다. 작은 종지에는 머스타드 소스가 담겨 있었고 치킨 한 입에 맥주 한 모금만으로 여유로운 밤을 즐겼다. 사이사이 친구와 늦은 연락도 하며 수다 아닌 수다를 떨고 있는 평화로운 밤. 치킨을 다 먹고 잠자리에 들어야겠다며 씻고 나오는 사이 어디선가 수상한 소리가 나고 있었다.

"할짝할짝…"

슈어나 니브가 물을 마시고 있나 싶어 급수대를 보았는데 아무도 없었다. 그럼 이 할짝이는 소리는 도대체 어디서 나는 거지 하며 식탁을 보는 순간, 슈어가 식탁 위에서 치우지 않은 머스타드 소스를 할짝거리고 있었다. 아니, 보통 고양이는 이런 거 잘 안 먹지 않나. 나는 놀라 슈어를 머스타드와 떼어 놓고 소스를 모두 버렸다.
괜찮나 싶은 순간, 슈어가 갑자기 이상한 소리를 냈다.

"헥! 헥!"

처음 들어 보는 소리였다. 마치 토할 듯이 혀를 내밀고 헥헥거리는데 너무 놀라 소리를 빽 질렀다.

"어떡해!! 슈어!!!"

내 큰 소리에 통화하던 친구는 "왜!!!"라며 소리쳤다. 헥헥
거리는 슈어와 그 모습을 보고 반쯤 울먹이는 나. 나는
당황스러움을 감추지 못하고 친구에게 말했다.

"슈어가 머스타드 소스를 먹었어. 어떡해. 계속 헥헥거려.
잘못되는 거 아니겠지?"

내가 거의 울듯이 말하자 친구는 일단 진정하라고 했다.
놀란 마음으로 슈어를 다시 보니 여전히 거친 숨을 쉬고
있었다. 나는 친구와 전화를 끊고 급하게 24시 운영하는
동물병원을 알아보았다. 수의사와 통화가 연결되었을 때
엔 뭐라고 해야 하나 싶었다. 나는 어찌어찌 상황을 설명
해 보려 했다.

"저희 집 고양이가 머스타드를 먹었는데… 괜찮나요?"
"머스타드요?"
"네, 머스타드요."

수의사에게도 굉장히 낯선 단어였을 것이다. 의아해하는 수의사에게 다시 상황을 전했다.

"계속 헥헥거리다 이제 조금 덜 하긴 한데, 어떻게… 병원에 데려가야 하나요?"
"고양이가 머스타드를 먹고 잘못됐다는 얘긴 못 들었는데… 정 걱정되면 데려오세요."
"헥헥거리는건…?"
"매워서 그럴 거예요."
"네…?"

놀란 마음과 긴박한 상황에서도 웃음이 피식 나왔다. 얼마 먹지 않은 머스타드는 딱히 위험한 음식도 아닐뿐더러 헥헥거림이 그저 매워서였다는 것. 통화를 마칠 즈음 다시 슈어를 쳐다보니 동글동글한 눈으로 "무슨 일 있어?"라는 표정을 지었다. 이 녀석. 심장 떨어지는 줄 알았잖아. 나는 마음을 쓸어내렸다. 세상이 새롭게 보일 정도였다.

그때 내가 얼마나 놀랐는지, 통화하던 친구는 태어나서

처음 보는 놀란 모습이었다고 했다. 나 역시 내가 언제 이렇게 놀라 본 적이 있나 싶을 정도의 사건이었다. 고작 머스타드 하나로. 매워서 헥헥거린 것 하나로. 그날 이후로 슈어 덕에 먹은 것은 바로 치우는 습관까지 생겼다. 두 번 그랬다간 심장이 떨어져 나갈 것 같으니까.

그 잠깐의 놀람. 그것도 어마어마한 놀람은 마치 내 마음의 크기 같았다. 무언가를 이렇게 소중하게 여겨 본 적 있었나. 그것을 잃을까 봐 이렇게 놀라고 호들갑을 떤 적이 있었나. 모른다는 것을 이렇게 두려워해 본 적 있었나. 그날 밤의 깜짝 놀란 사건 하나로 나는 알게 됐다. 나는 여태까지 한 번도 느껴 보지 못한 마음으로 고양이들을 소중하게 생각하고 있다는 걸. 이 녀석들과 살기 위해선 심장이 열 개여도 모자랄 거라고. 너무 소중해서, 너무 놀라워서.

그날 나는 평온해진 슈어를 꽉 끌어안고, 살며시 꿀밤을 톡 친 뒤 말했다.

"다행이다, 다행이야. 내일도 보자."

기분 좋은 식사

우리 집 고양이는 슈어와 니브 두 마리지만, 밥그릇은 세 개이다. 나는 이 밥그릇 세 개를 항상 다 채워 준다. 행여나 하나나 둘 가지고 먹다가 싸우지 말라고. 고양이를 여러 마리 키우는 가정은 화장실이나 밥그릇, 물그릇이 여유 있는 게 좋다고도 해서 처음부터 세 개짜리 밥그릇을 들였다.

여느 때처럼 고양이 밥을 밥그릇에 부어 주었다. 성격 급한 슈어는 이리저리 뱅뱅 돌며 밥을 빨리 달라고 앵앵거리고 니브는 아예 자리를 딱 잡고 앉아 있다. 일단 순서

대로 밥그릇에 고양이 사료를 붓는데 이 아이들은 항상 기다리지 못하고 첫 번째 밥그릇에 달라붙는다. 이럴 때는 나머지 밥그릇에도 밥을 다 준 뒤, 슈어나 니브를 안아 옆 밥그릇으로 자리를 옮겨 주는데 그러면 자기 앞에 있는 밥을 먹는다. 그게 어찌나 웃긴지. 마치 화장실까지 하나하나 보내 줘야 하는 심즈 게임 캐릭터처럼 '옆 그릇으로 옮기기'를 클릭한 느낌이랄까.

한번은 밥을 다 주고 의자에 앉아 고양이들이 밥 먹는 것을 구경했다. 강아지들은 밥 먹을 때 건드리면 으르렁거린다는데, 문득 고양이는 어떨까 궁금했다. 그래도 동물인데 밥 먹을 때 건드리면 기분 나빠하지 않을까. 예민하게 냥냥 펀치를 날리진 않을까. 우리 집 고양이는 순해서 안 그러려나. 아니, 도리어 엄청 성질내려나. 궁금하면 뭐다? 해 본다! 나는 천천히 슈어와 니브의 등 뒤로 갔다. 그리고 슈어와 니브의 등에 살포시 손을 올리고 쓰다듬어 보았다.

결과는 뜻밖이었다. 손을 올려놓으면 "앵!" 하면서 반항할 줄 알았는데 둘 다 '그릉그릉' 소리를 내기 시작하는 것이다. 아니, 밥 먹을 때 건드리는 건데 이렇게 좋아한다고? 의문이 들어서 더 쓰다듬으니 기분 좋을 때 내는 소리가 점점 커졌다.

그때 알았다. 고양이가 기분 좋게 밥을 먹는 방법은 좋아하는 사람과 함께 밥을 먹는 것이라고(물론 내가 고양이 사료를 먹은 것은 아니다).
사람도 고양이도 비슷한 걸까. 좋아하는 사람이 곁에 있을 때 더 기분 좋게 밥을 먹을 수 있고, 좋아하는 사람의 손길이 닿은 음식이나 온기를 좋아하고, 챙겨 주거나 다정함에 기분이 좋아지기도 하고. 만약 내가 고양이들이 밥을 먹을 때 갑자기 들어 올렸다면 얘기가 달라질 수도 있겠지만….

인간이나 고양이나 기분 좋은 순간이 있다. 인간은 표정과 말로 표현하고 고양이는 그릉거리는 소리로 표현한다. 어찌 보면 인간보다 더 솔직한 것이 고양이일 것이다. 아무리 속 모르는 동물이라고 해도 기분 좋으면 내는 소리가 분명하게 있으니까. 게다가 이 소리는 자신도 모르게 나오는 자연스러운 소리라고 하니까 얼마나 행복에 솔직한 동물인가.

'나만 있어도 행복할 수 있구나.'

우리 집 슈어와 니브는 밥 먹을 때 나만 있으면 기분 좋게 먹을 수 있다. 무엇을 먹든(물론 간식을 더 좋아하지만) 기분 좋게 먹어 주는 존재가 있다는 게 어쩌나 마음이 따뜻해지는지. 고작 밥을 먹는 일인데. 밥을 주는 일인데. 매일같이 행복할 수 있다니, 역시 고양이는 대단한 존재다.

ps. 사실 진짜로 '기분 좋게' 고양이에게 밥을 주고 싶다면 캣잎을 사료 위에 뿌려 주는 것을 추천한다. 그러나 고양이가 여러 마리라면 쟁탈전이 벌어질 수 있으니 주의하시길!

우리 고양이는
천재인 게 분명해!

티브이를 잘 보지 않지만, 어릴 적 〈TV 동물농장〉을 보았던 기억은 선명하게 남아 있다. 동물농장에 나온 동물들은 소건 개건 토끼건 하나같이 똑똑하고 재주 넘치는 동물들이었다. 사랑스러운 모습에서 특이한 행동까지. 자극적인 내용 하나 없는 동물농장이지만, 보고 있으면 자연스럽게 미소가 지어지는 프로그램 중 하나였다.

기억에 남는 사연은 정말이지 아무것도 특별하지 않은 사연이었다. 어느 날 방송인 사유리가 동물농장에 사연을 보냈다. 동물농장 취재팀이 찾아가 사유리와 함께하는 개를 촬영하며 "그래서 무슨 재주가 있나요?"라고 묻자 사유리는 이렇게 대답했다.

"그냥 우리 집 개를 자랑하고 싶었어요. 너무 이쁘지 않나요?"

그렇다. 딱히 별다른 재주가 없지만, 이 사랑스러운 동물을 소개하기 위해 사연을 보낸 것이다. 동물농장 촬영팀은 "거짓 제보는 안 돼요~" 하며 재치 있게 넘겼지만, 실은 조금 짜증이 났을 것 같았다. 카메라까지 들고 멀리 찾아갔는데 "너무 이쁘지 않나요?"라는 것이 내용의 전부였으니까.

그와 달리 우리 집 고양이는 아무래도 천재 같다. 동물농장에 제보하진 않았으나 천재임이 분명하다. 일단 너무 사랑스럽고 귀여우며(여기까지 보면 사유리가 거짓 제보를 한 것이 백 번 이해된다) 이름을 부르면 "야옹~" 하고 대답할 줄 안다. 슈어를 부르면 슈어가 답하고 니브를 부르면 니브가 답한다. 물론 가끔 슈어라고 불러도 니브가 답하고 니브라고 불렀는데 슈어가 답하지만, 어쨌거나 자신들을 부른다는 걸 아는 일이니 이 정도면 천재 아닌가. 게다가 슈어와 니브 모두 특별한 능력을 가지고 있다. 먼저 슈어부터 말한다면 '레이저 포인터'의 달그락거리는 소리만 들려도 쫑긋 반응한다. 수많은 달그락 소리를 내어도 신경 쓰지 않지만, 레이저 포인터 소리만은 기가 막히게 알아내고 도도도도 달려온다. 이것은 분명 그 특유의 소리(인간은 알 수 없는)를 알아듣는다는 것이다. 자신이 좋아하는 장난감 소리를 기가 막히게 구분하는 이 천재성! 역시 슈어는 천재임이 틀림없다. 장난이 아니고 진심으로 그렇게 생각한다.

하지만 니브도 이에 지지 않는다. 비록 생긴 것은 눈이 몰린 탓에 살짝 어리숙해 보이지만 자신을 부르는 소리는 기가 막히게 알아내고, 가끔은 방묘창을 미친 듯이 흔들어 문을 열게 만든다. 이는 문을 흔들어 시끄럽게 하면 열린다는 것을 안다는 의미다. 게다가 니브는 앞구르기를 할 줄 안다. 가만히 있을 때 배 부분을 번쩍 들면 고개를 푹 숙이고 몸을 앞으로 내밀어 한 바퀴를 뺑 돌아서 눕는다. 굼벵이도 구르는 재주가 있다는 말처럼, 니브도 구르는 재주가 있는 것이다.

소리를 잘 구분하는 슈어와 소리를 내면 문을 열어 준다는 것을 아는 앞구르기의 장인 니브. 둘은 가끔 합동으로 니브는 방묘창을 미친 듯이 흔들어 대고 슈어는 앵앵 울어 대며 나를 부른다. 자신이 울면 무언가 바라는 일이 하나쯤은 이루어진다는 것을 알고 있는 이 엄청난 지능. 늘 감탄하게 되는 슈어와 니브의 총명함이다.

사실, 고백하건대 쓰면서 참 별거 아닌 재능이라는 생각이 들고 있다. 하지만 자기 자식이 이뻐 보이는 것은 어쩔 수 없다. 사유리도 강아지를 자랑하기 위해 동물농장에 거짓 제보를 보낼 정도인데, 이렇게 귀엽고 사랑스런 고양이를 키우는 나도 다를 바가 있을까. 될 수 있는 만큼 자랑하고 싶고 또 보여 주고 싶다(하지만 안타깝게도 니브는 낯을 많이 가려 다른 사람 앞에서 절대 앞구르기 실력을 뽐내지 않는다).

어쨌거나, 우리 집 고양이는 분명 천재다. 천재가 아니라도 내 눈엔 천재보다 더 이쁘다. 그래, 정 인정할 수 없으면 귀여움의 천재라고 하자. 그것도 고양이의 재능 중 하나니까. 이렇게 소소한 것으로 천재라고 느낄 수 있게 하다니! 기대하지 않았던 선물이다.

우리 고양이가
의기소침해요

슈어와 니브는 배다른 형제이긴 하지만 데려올 때부터 사이가 꽤 좋았다. 동시에 함께 데려오다 보니 서로 경계하지 않고 어울릴 수 있었던 것이 예민한 고양이에겐 신의 한 수였다. 덕분에 사이좋게 잠을 자기도 하고 장난도 치며 씩씩하게 자랐는데, 니브는 순둥순둥한 성격 덕에 늘 쫓기는 입장, 슈어는 날쌔고 고집도 세서 니브를 쫓는 입장이다.

특히 먹을 거에 욕심이 많은 슈어는 캣잎만 주면 형인 니브를 때렸다. 캣잎을 줄 때마다 벌어지는 일이다. 와삭와

삭 캣잎을 다 먹고 나면 슈어가 니브를 한번 흘긴다. 니브는 아무것도 모르고 몰린 눈으로 다른 곳을 보고 있다. 슈어는 날카로운 눈으로 니브를 계속 쏘아보다 앞발을 들어 니브의 머리를 쿵쿵 때려 버린다. 소리가 퍽! 날정도. 이럴 때는 마치 "너 때문에 많이 못 먹었잖아!"라고 말하는 것 같다. 덩치도 크고 힘도 센 니브는 맞아도 별 타격이 없는지, 아무 생각이 없는지 그냥 맞고 있다. 가끔 슈어를 향해 반격 펀치를 날리지만 제대로 맞춘 적은 별로 없다.

그렇게 형인 니브가 동생인 슈어에게 맞으면서 지내던 어느 날, 슈어가 또다시 니브에게 장난을 걸어왔다. 사이좋게 바닥에 누워 형을 그루밍* 해 주다 갑자기 형의 얼굴을 부여잡고 왕 물어 버렸다. 깜짝 놀라 도망가는 니브의 뒤를 쫓으며 장난치는데 늘 져 주던 니브도 좀 화가 났는지 슈어에게 반격을 해 버렸다.

"퍽!!!"

* 고양이들이 털을 정리하는 것을 말한다.

거실에는 슈어가 니브의 펀치에 맞는 소리가 맑게 퍼졌다. 덩치도 크고 힘도 센 니브가 마음먹고 한 대 때리니 소리부터 달랐다. 한 대 맞은 슈어는 그다지 아파 보이진 않았으나, 약간 충격을 받은 듯했다. 벙찐 표정으로 니브를 바라보더니 이내 뒤돌아 구석에 털썩 누워 버렸다.

그 이후 슈어와 니브 사이에 묘한 변화가 생겼다. 사료를 주면 먼저 고개를 들이밀며 달려들던 슈어가 천천히 걸어와 니브를 피해 먹기 시작하고, 귀찮을 정도로 니브에게 장난치던 일도 줄어들었다. 표정도 뭔가 의기소침해 보이는 게 걱정되어서 특별 간식을 사기 위해 동물병원까지 찾았다. 그리곤 간식을 추천해 주는 동물병원 원장님에게 살며시 물었다.

"저희가 고양이 두 마리를 키우는데, 작은애가 형한테 맞은 뒤론 의기소침해요. 괜찮은 거겠죠?"

그때 동물병원에 앉아 있던 간호사와 기다리는 사람들 모두 "풋" 하고 웃는 소리가 들렸다. 까불다 맞고 충격받은 고양이의 모습이 눈에 선했을 것이다. 동물병원 원장님도 '풋'을 최대한 참으며 대답했다.

"밥 잘 먹고 물 잘 마신다면 아픈 건 아닐 겁니다. 그냥 잠깐 삐진 거예요."

"아, 삐진… 풋!"

삐진 거라는 말에 사람들이 다시 "풋!" 했다. 아무래도 만날 이겨 먹던 슈어가 머리를 한 대 맞고 니브에게 삐졌다는 것. 동물병원 원장님은 이어 말했다.

"마음 풀리면 또 금방 나아질 거예요. 원래 고양이들도 서열이 바뀔 때 가끔 그러긴 하는데 만약 밥을 잘 못 먹거나 토하면 데려오세요."

"그렇군요."

그리곤 추천받은 고양이 간식을 사 와 슈어만 살며시 불러다 간식을 주었다. 역시나 아픈 것은 아닌지라 냠름 잘 받아먹었다. 그리고 일주일도 지나지 않아 다시 니브에게 장난을 치는데, 삐진 것은 새까맣게 잊은 듯 보였다. 회복 탄력성이 좋다고 해야 하나, 단순하다고 해야 하나. 여전히 슈어는 니브에게 종종 장난을 친다. 니브는 귀찮은 듯 누워서 발바닥을 허우적대는 게 다. 이게 언제나 이길 수 있다는 여유인 건지, 아니면 진짜 귀찮은 것인지. 어쩌면 슈어는 혼자만의 싸움을 하고 있는지도 모르겠다. "내가 언젠가 널 반드시 이기고 말겠어!"라는 소년 만화에 나올 법한 말을 하면서. 슈어 내면의 싸움이 식지 않고 계속되었으면 하는 바람도 있다. 지켜보는 것이 꽤 즐겁기도 하고, 동물병원 의사 말대로 건강한 슈어의 모습이기에.

빡빡이 니브

"니브 털 좀 밀어야겠는데요?"

함께 작업하는 G 군이 저녁을 먹으러 집에 왔을 때, 쏙 숨어 버린 니브를 달래 가며 만지다가 불쑥 말했다. G 군의 말대로 니브의 털은 엉키고 엉켜서 여기저기 덩어리가 져 있었다. 원래 품종이 이런가 싶기엔 같은 품종인 슈어의 털은 은은한 광택이 돌며 아주 부드러웠다. 그렇다. 품종 때문이 아니라 니브의 귀찮음으로 털이 엉망이 된 것이다.

확실히 니브가 그루밍을 하지 않는다는 것을 뒷받침하는 증거가 몇몇 있다. 동생인 슈어는 볼 때마다 그루밍을 하고 있다. 그에 반해 니브는 볼 때마다 내 품에 올라오기 위해 앵앵 울고 있다. 다른 정황은 고양이는 그루밍을 하다 위에 들어간 털*을 토하는 행위를 종종 하는데 슈어는 가끔 헤어 볼을 토하지만 니브는 여태까지 한 번도 헤어 볼을 토한 적이 없다. 아무리 사료에 '헤어 볼 방지'라고 써 있는 걸 먹여도 슈어는 토하는데 니브는 안 하는 걸 보면 분명하게 그루밍을 안 한다는 증거이다.

결국, 나는 니브의 털을 밀기 위해 고양이용 바리캉을 샀다. 지이잉 하는 소리가 다소 위협적이었는지, 눈치가 빠른 건지 슈어는 재빨리 도망갔다. 하지만 표적은 니브. 나는 도망치지 않는 니브에게 살며시 다가갔다. 니브를 꼭 껴안자 의심 없는 니브는 그릉그릉 기분 좋은 소리를 냈다. 나는 그 틈을 타 바리캉을 켠 뒤 순식간에 밀어버릴 기세로 털을 밀기 시작했다. 그런데 이게 웬일. 털이 너무 뭉쳐서 바리캉은 제대로 들어가지 않았고, 불편하게 껴안은 니브는 계속 몸부림치기 시작했다. 덩치가

---

* 헤어 볼이라고 한다.

산 만하니 몸부림칠 때도 힘이 장난이 아니었다.

"잡아! 잡아!"

몸부림치는 니브를 두고 G 군과 붙잡고 어르고 달래고.
도망가는 몸을 잡아서 다시 껴안고 또 몸부림치고. 둘이
서 니브를 붙잡는 동안 G 군과 나 사이의 의리가 두터워
지는 기분마저 들었다. 나와 G 군은 10여 분의 사투 끝
에 니브를 놓아주었다. 결국 니브는 털 여기저기가 엉킨
채 일부만 숭덩 깎인 채 도망갔다.

깔끔하지 않은 바리캉 실력에 말을 듣지 않는 니브. 게다
가 잘리다 만 털들. 니브가 약간의 배신감을 드러내며 구
석에서 우리를 노려보는데 순간 웃음이 터졌다. 서툴게
밀다가 중간에 그만둔 탓에 여기저기 땜빵이 난 것처럼
보였기 때문이다. 약간 안쪽으로 몰린 눈과 어리바리해
보이는 표정과 땜빵이라니. 웃기면서 귀여우면서 안쓰러
우면서, 웃음이 멈추지 않았다.
그 뒤로 나는 항상 책상 위에 바리캉을 올려놓았다. 한번
에 밀기 어려우니 니브가 무릎 위로 올라오면 껴안고 하

나둘 숭덩숭덩 밀어 버리는 것이다. 이 일도 한 달 정도
하다 보니 뭉친 털은 대부분 잘려 나갔다. 물론 가만히
있지는 않아서 어디는 바짝 깎아 맨들맨들하고 어느 부
분은 가위로 혼자 자른 앞머리처럼 삐뚤빼뚤했다. 가끔
집에 놀러 오는 사람은 니브를 보고 물었다.

"쟤는 털이 왜 저래요?"
"그게 게을러서 털이 다 뭉쳐가지고 잘라 냈거든요…."
"아…."

니브의 털은 지금도 조금씩 자라나고 있고 또 엉키고 있
다. 아무래도 털이 반쯤 밀려 나가도 슈어처럼 그루밍을
할 생각은 없는 듯하다. 그래도 안으면 조금씩 가만히 있
는데, 그게 마치 신뢰받는 기분이라 좋기도 하고 신뢰를
어기고 털을 밀어 버려서 미안하기도 하다.

그래도 니브, 그게 네 매력이지.
오늘도 빡빡이 니브는 우리를 향해 달려온다.

안 밟았다고!

슈어는 마중냥이다. 언제 어디서든 그 누가 와도, 설령 에어컨 설치 기사가 와도 배달 기사가 와도 호기심 어린 눈으로 "뭐야? 뭐야?" 하면서 마중 나온다. 현관문 안쪽으로 문이 하나 더 있어 평상시엔 그 사이로 빼꼼 내다보지만, 가스 점검 기사분처럼 집 안에 들어오는 경우엔 발밑에서 알짱거리며 다리를 샥샥 피해 가며 머리를 비벼 댄다. 덕분에 점검을 마친 기사님이 나갈 때엔 고양이 털이 가득. 미안한 마음으로 돌돌이를 건네며 "저희 집 고양이가 좀 유난이죠"라고 말한다. 기사님은 이런 고양이도 있냐며 내심 놀라는 눈치로 웃으며 집 밖으로 나간다. 이게 보통이다.

슈어의 마중은 나도 예외가 아니다. 내가 집에 돌아와도 문 사이로 빼꼼 내다보고 있다가 신발을 벗고 들어가면 그때부터 마중 의식이 시작된다. 발밑에서 알짱알짱, 가는 곳마다 따라오며 내 바지에 머리를 비비고 박치기를 하고, 야옹거리는 인사까지. 밖에서 돌아왔을 때마다 이렇게 반겨 주는 게 기쁘긴 한데, 슈어는 '마중'이라는 개념을 '문이 닫혔다가 열리면 새로 들어온 것'이라고 인식하는 듯하다. 굳이 밖에 나갔다 오지 않아도 집 안에서 화장실이라도 다녀오면(문이 닫혔다가 열리며 다시 들어온다는 의미) 이 마중 의식을 하고 있다.

사랑스럽다, 고맙다, 여러 마음이 있지만 실은 마중 의식을 받을 때면 매우 조심해야 한다. 내 걸음을 따라오며 발밑에서 알짱거리다 보면, 실수로 슈어를 밟는 경우가 생기기 때문이다. 실제로 나는 실수로 슈어를 몇 번 밟았다. 그때마다 슈어는 처음 들어 보는 소리로 "꽥!!!!" 외치고선 우다다다 도망가 저 멀리서 원망의 눈빛을 보낸다.

"아니, 네가 자꾸 알짱거리니까…."

말해 보아도 소용없다. 이미 삐졌다. 이럴 때는 먼저 다가올 때까지 기다리면서 계속 "죄송합니다…"를 외어야 한다. 큰 소리를 내면 더 놀라기 때문에 아주 작고 낮게 속삭이듯이 계속 사과한다. 다행히 뒤끝은 길지 않아, 5분 이내에 다시 다가오고 또다시 마중 의식을 한다.

그날도 역시 슈어는 마중 의식을 하느라 정신이 없었다. 화장실만 다녀왔을 뿐인데 마치 일주일은 못 본 것처럼 나를 반기면서 발아래서 알짱거리다 벌러덩 누웠다. 움직이다가 갑자기 누워 버린 슈어를 인지하기 전에 떼어 버린 내 발은 순간 갈 길을 잃었다. 자칫 잘못하면 누워 있는 슈어를 밟을지도 모르는 상황. 나는 기지를 발휘해 순간 슈어의 앞발과 뒷발 사이, 배 부분에 발을 짚었다. 다행히 밟진 않고 털만 조금 집힌 정도. 그런데 슈어가 갑자기 소리를 질렀다.

"앵!!!!!"

본인(고양이니 본묘라고 해야 하나)도 순간 밟히는 줄 알았는지 반사적으로 소리가 나온 듯했다. 나는 아슬아슬하게 밟지 않은 상황에서 뭔가 조금은 억울해 소리쳤다.

"안 밟았어! 안 밟았다고!"

그런데 슈어는 실수로 밟혔을 때처럼 원망의 눈빛을 보내고 있었다. '밟고 안 밟고가 중요한 게 아니라, 밟을 뻔했잖아!'라고 말하는 것 같았다. 이런 엄살쟁이. 이럴 거면 위험하게 발밑에서 알짱거리지 말던가. 하지만 역시 고양이인지라, 말을 알아들을 리 없으니 나는 다시 차분하게 말했다.

"알겠어. 내가 조심할게."

그제야 슈어는 표정을 조금 풀고 몸을 굴려 배를 보였다. 나는 다행히 밟히지 않은 슈어를 쓰다듬으며 속으로만 생각했다.

'엄살은…'

커다란 인간에게 밟히면서까지 매번 마중 의식을 하는

슈어도, 슈어라고 생각했다. 이처럼 고양이의 행동과 마음을 알 수 없을 때 이해하는 한 가지 주문이 바로 이거다. "그렇게 내가 좋아?" 뭐, 그 정도로 나를 좋아한다고 생각하는 수밖에.

이삿날

[이사]

-사는 곳을 다른 데로 옮김. ⟨표준국어대사전⟩

이사의 정의는 이토록 간단하지만, 이사는 간단한 일이
아니다. 물론 돈이 많다면야 조금 편하게 할 수는 있다.
그러나 해야 할 일은 산더미다. 집 안 가구를 싹 정리하
고 짐을 분류하고 다시 싸고 풀고 청소하고 짜장면도 먹
고…. 오죽하면 이사하는 날을 가리키는 '이삿날'이라는
단어가 생겨나고 월차를 쓸 때 '이사'를 이유로 쓸 수 있

지 않는가. 그만큼이나 이사는 집안의 큰일이다.

2019년 9월. 오랫동안 살았던 동네를 떠나 새로운 곳에 터를 잡기로 했다. 그간 이사는 몇 번 했지만 다 내가 자랐던 강남 주변이었고 가족도 가깝게 있어 그 동네를 떠나는 것이 아쉽기만 했다. 동네 친구와 갑자기 술 한잔을 하고 24시 카페도 있어 늦게까지 작업도 할 수 있었던 나의 강남. 문제는 월세였다. 매달 나가는 월세가 부담이었다.

독립 6년 차가 되어서야 전세 자금 대출을 받게 되었다. 어릴 때 빚에 시달린 기억이 강해 빚이라면 치를 떨었지만, 빚을 내 전세를 얻는 것이 월세보다 싸다는 걸 그제야 알았다. 결국 돈이 신념을 이겼다. 전세 자금 대출을 받기로 하고 대신 정들었던 동네는 떠나기로 했다. 대출 가능한 돈으로 강남에서 전세 얻기란 불가능에 가까웠기 때문이다.

그렇게 끌어다 모은 돈으로 강의 남쪽에서 밀려나 강의 북쪽을 샅샅이 뒤졌다. 집이 괜찮다 싶으면 교통이 문제고 교통이 좋다 싶으면 집이 작은 굴레를 벗어나기란 쉽지 않았다. 여기서 포기해야 하나 싶을 때, 친한 언니가 괜찮은 부동산이 있다며 자신이 사는 동네를 알아보라고 권했다. 별 기대 없이 부동산을 찾았는데 뭔가 달랐다.

"그 가격이요? 있죠~."

이제까지 어느 부동산을 가도 "아… 글쎄요"라는 반응이 있었는데 쿨하게 있다고 얘기하는 것부터 감이 좋았다. 매물도 꽤 있어 여러 집을 보았는데 집의 상태도 나쁘지 않았다. 역에서 10분 거리, 투룸. 여기저기를 보다 채광 좋은 집 하나가 눈에 띄었다. 1억 7천. 금액 또한 나쁘지 않았다. 나는 좋은 기색을 보이면서도 약간 고민하는 척을 하며 이것저것 계산을 해 봤다.

'예상보다 조금 더 돈이 들긴 한데.'
'집도 깨끗하고 창도 커서 좋을 것 같기도 하고.'
'역시 여기밖에 없나….'

나는 고개를 끄덕였다. 그렇게 새로운 터전은 망원동으로 결정 났다.

나는 살면서 여러 번의 이사를 겪었다. 하지만 이번 이사는 남달랐다. 바로 고양이 때문이다. 슈어와 니브는 처음 겪는 이사였다.

고양이는 영역 동물이기 때문에 이사하는 데 큰 스트레스를 받는다. 낯선 사람이 와도 경계하는데 갑작스럽게 환경이 변하는 것은 얼마나 큰 스트레스일까. 중요한 것은 고양이가 '최소한'으로 스트레스받는 방법을 모색하는 것이었다. 나는 '고양이 이사' 같은 키워드를 검색하며 작전을 짰다.

1. 이삿날 포장을 하는 동안 고양이는 차에 잠시 이동시킨다(당연히 창문은 살짝 열어 둔다).
2. 차에는 처음 고양이를 데려올 때 샀던 케이지와 담요를 함께 둔다.
3. 차에는 반드시 한 명 이상의 사람이 동행한다.
4. 이삿짐은 일하는 분들에게 맡기고 나는 친구와 차로 이동한다.
5. 포장 이사가 끝나면 케이지와 함께 고양이를 새집으로 옮긴다.

고양이가 과연 차에서 잘 지내 줄지는 의문이었으나 낯

선 사람이 왔다 갔다 하고 정신없는 집보단 차가 나을 거라고 판단했다. 게다가 나와 이사를 도와줄 친구 중 한 명이라도 곁에 있다면 괜찮겠다는 생각을 했다.

드디어 이삿날, 슈어와 니브를 차에 태웠다. 짐을 싸는 동안 고양이와 함께 있는데 차에서도 둘의 반응은 너무 달랐다. 니브는 케이지 안에 쏙 들어가 몸을 납작하게 하고선 겁에 질려 떨고 있고, 슈어는 이리 뛰고 저리 뛰며 창밖을 구경하기까지. 차 구석구석을 구경하며 노는 슈어를 보니 새집에서도 잘 적응하겠다는 확신이 들기도 했다.

짐 정리가 끝나고 새집으로 이동하는 동안 안전상 큰 고양이 두 녀석은 케이지에서 기다려야 했다. 니브야 그렇다 쳐도 슈어는 몸이 근질근질해 보였다. 문제는 이사한 집에 도착한 뒤부터였다. 어서 짐을 정리하고 새집에 자리를 마련해 줘야겠다는 생각으로 마음이 급해 나도 잠시 자릴 비웠는데, 그사이 슈어가 케이지에 똥을 싼 것이다. 돌아와 보니 차는 처참했다. 본인도 참다 참다 싸 버려 놀랐는지 똥을 차에 비벼 놓고 숨는 것이 아닌가(사람이 지렸을 때와 비슷한 부끄러움이었을까).

아차. 슈어의 흔들리는 눈동자가 눈에 들어왔다. 새집은 얼추 정리되어 갔지만, 새집에서 목욕까지 시켜야 하는 상황이라면 '최소'가 아닌 '최대'의 스트레스가 될 예정이었다. 그렇다고 똥 범벅인 슈어를 가만둘 수도 없었다. 결국 집 정리를 끝낸 뒤 겁쟁이 니브는 케이지 안에 꼭꼭 숨어 나오지도 않고 슈어는 수치심과 불안에 떨며 목욕까지 해야 했다. 어찌나 스트레스를 받았는지 발톱까지 날카롭게 세워 피를 보게 만들었다.

"익숙해지긴 할까…?"
목욕을 마친 슈어와 겁쟁이 니브는 구석에 마련한 상자와 케이지 속에서 꼬리조차 보이지 않게 숨어 있었다. 집은 반짝반짝 윤이 났지만, 녀석들 마음속에선 불이 났을 터였다.

"시간이 지나면 익숙해진다니까, 기다려 봐."

이사를 도운 친구가 말했다. 이사 후 며칠은 고양이를 키운다는 느낌도 들지 않았다. 아무도 반겨 주러 나오지 않았으니까. 다행인 것은 그런 상황에도 슈어와 니브는 밥도 챙겨 먹고 물도 챙겨 먹었다. 사흘쯤 지나니 몸을 낮게 깔고 주변을 알짱거리기 시작했고 2주가 지나자 온 집 안이 자기 땅인 듯이 활개 치며 살았다.

이삿날을 떠올리면 시간이 약이라는 말이 맞구나 싶기도 하다. 고양이들은 그날을 기억이나 할까.

바선생
VS
슈어

망원동은 살기 좋은 동네이다. 조용한 주택가에서 조금
더 나가면 이쁜 상점이 즐비한 망리단길이 있고 망원시
장이 있으며 버스를 타고 조금만 나가면 합정과 홍대를
편하게 다닐 수 있다. 삭막했던 강남에서 이사 와 2년이
지났지만 지금도 만족하는 동네. 주차 문제로 언성을 높
이지도 않고 이웃끼리 어우러져 사는 곳이 망원동이다.
그런데 작년 여름에서야 문제가 있다는 걸 알게 되었다.
재작년 10월에 이사를 왔으니 그때는 전혀 몰랐다. 홍수
도 아니고 집에 습기가 차는 것도 아닌 바로 바퀴벌레(이

하 바퀴벌레라는 단어가 너무 혐오스러우니 바선생이라 하겠다). 주차장에도 집 계단에도 바선생이 하나둘 보이는데 크기가 손가락 두 마디 정도. 혐오스러운 모습에 덩치까지 큰 바선생을 처음 발견했을 땐, 집에는 들어오지 못할 거라 생각했다. 그도 그럴 것이 저 큰 몸으로 문틈을 통과할 거라는 상상을 하기 어려웠기 때문이다.

하지만 바선생은 대단했다. 언제, 어떻게 들어왔는지도 모르게 집 안에서 떡하니 발견되었다. 옷을 갈아입기 위해 작은 방에 들어갔는데 서늘한 발소리에 고개를 돌리자 거대한 바선생이 벽에 떡하니 붙어 있었다.

"으악!!"

내 급박한 비명에 놀라 왔던(혼자가 아니라 얼마나 다행이었는지) 친구는 슬슬 걸어오며 "왜 바퀴벌레라도 봤어?" 하며 다가왔다. 그리곤 작은 방에서 바선생을 보자마자 소리를 꽥 질렀다. 바선생과 두 인간이 대치하고 있는 상황. 살충제 하나 없는 상황에서 나는 친구에게 바선생의 감시를 맡기고 편의점으로 달려갔다. 그런데 집에 돌아오니 친구가 가장 무서운 말을 꺼냈다.

"도망갔어…."

내가 살충제를 사러 간 사이 친구는 계속해서 바선생을 쳐다보며 나를 기다렸는데 벽을 타고 옷장 뒤로 가더니 스스슥 사라졌다는 것이다.

친구는 몰라도 나는 이대로 잘 수 없었다. 안방까지 들어와 소름 끼치는 발소리를 내며 집 안을 배회하는 모습은 너무나 끔찍했다. 만약 얼굴에 툭 떨어지기라도 한다면… 무조건 잡아야 했다. 어떻게든 잡고 잠이 들어야 했다.

도저히 어디서 나올지 몰라 일단 작은 방에서 구석이란 구석은 다 툭툭 치며 바선생을 불러냈다. 하지만 바선생의 기척이 느껴지지 않았다. 설마 방에서 나간 걸까? 나는 거실로 나가 벽을 스캔했다.

그러다 슈어가 눈에 들어왔다. 슈어가 움직이지 않고 이상하게 한 곳만 바라보는 게 아닌가. 서늘함이 감돌았다. 분명 무언가를 보고 있는 눈이었다. 귀신인가? 이상한 마음에 슈어의 시선을 따라가 보니 그곳에 바선생이 있었다.

나는 마음을 가다듬고 준비한 살충제를 미친 듯이 뿌려 댔다. 혐오스런 바선생은 천천히 몸이 굳으며 죽었다. 한 생명을 죽인 것은 미안하지만, 공존할 수 없는 생명체였다고 마음을 다독였다. 물론, 바선생을 처리한 뒤엔 고양이들을 위해 꼼꼼하게 살충제를 닦아야 했다.

그렇게 무사히 여름날의 하루를 보낼 수 있게 되었다. 그날의 포상으로 슈어에게는 간식을 주었다. 물론 니브도 꼽사리로 함께 간식을 먹었다. 그 뒤로 평화로울 것 같았지만, 바선생의 습격은 끝나지 않았다.

바선생은 종종 밖에서 문틈 사이로 들어왔는데, 그때마다 바선생을 잡으면 간식을 준다는 뜻을 알아챘는지 슈어는 늘 바선생을 쫓았다. 얼마 전에도 슈어가 짐이 쌓인 구석을 계속 쳐다보길래 '설마…' 하는 마음으로 짐을 치웠더니 바선생이 스르륵 나오는 것이 아닌가. 역시나 나는 소리를 한바탕 지른 뒤 살충제로 마무리했다. 슈어의 활약이 아주 돋보이는 순간이었다.

여기까지 평화롭게 마무리하면 좋겠지만, 아무래도 슈어의 사냥 본능을 일깨웠는지 이제 슈어는 직접 바선생을 잡기 시작했다. 문제는 몸통은 보이지 않고 거실 여기저기 뜯겨 나간 바선생의 여러 다리만 보인다는 것⋯. 설마 몸통은 먹은 것일까? 아직도 바선생의 몸통은 발견되지 않았다. 고양이가 바퀴벌레를 먹어도 별다른 이상은 없다고 하니 다행이지만(오히려 바퀴벌레 약이 해가 된다고), 어쩐지 슈어라는 녀석이 두려워진다. 바선생을 먹은 입에 뽀뽀하는 것이 아닐까 싶어서. 그렇다면, 음⋯ 여름이 지나길 바라는 수밖에.

고양이 처방전

숨기고 싶은
이야기

지금 내가 슈어, 니브에게 주는 마음은 팔불출이 아닐까 의심될 정도이지만, 처음부터 그런 것은 아니었다. 한때는 파양을 고민할 정도로 힘들었다. 이 사랑스러운 녀석들을 두고.

고양이를 데려온 지 한 달 즈음이었다. 이제 막 4개월에서 6개월 된 어린 고양이라 그런지 낯선 환경에 쉽게 적응하지 못했다. 밥도 잘 먹지 않고, 어디서 병균이 옮았는지 땜빵이 생기기도 하고 화장실을 가리지 못해 온 집 안이 엉망진창. 이러려고 고양이를 데려왔나 싶을 정도로 집은 쉽게 지저분해졌다. 게다가 동물병원에 데려갈 때마다 드는 돈이란. 넉넉지 않은 형편에 조금씩 부담이 커졌다.

하지만 스트레스는 돈보다는 청소 문제였다. 고양이가 오기 전까지 집은 깔끔했다. 아주 깨끗해서 먼지 하나 없다고는 할 수 없지만, 그런대로 깔끔함을 유지하며 살았다. 그런데 고양이가 오니 휴지를 엉망으로 풀어 헤치기도 하고 모래를 온 사방에 뿌리기도 하고 아무 데나 똥을 싸기도 하고 털까지 날리고. 하루가 멀다 하고 청소를 해도 다음 날 집에 돌아오면 그대로. 다시 또 청소를 해도 금방 지저분. 지저분한 걸 참을 수 없으니 다시 청소. 그런 루틴을 계속 반복하니 지쳐 가며 스트레스가 커졌다.

스트레스는 곧 화로 다가왔다. 이 녀석들만 없으면 되는데, 하는 생각이 드니 집에 들어가기 싫어졌다. 아무것도 모르는 고양이를 향해 화를 낼 수도 없고. 그렇다고 지저분한 집을 참을 수도 없고. 결국, 일부러 퇴근을 늦게 하는 일이 생겨났다. 아무런 이유 없이 밖으로 나가 동네를 몇 시간씩 걷기도 했다.

걸으면서도 머릿속이 복잡했다. 괜히 데려온 걸까. 아직 키울 준비가 안 됐던 걸까. 후회와 고민으로 머리를 썩히고 돌아오면 아무것도 모르는 고양이는 헤벌레 다가왔다. 지금은 사랑스러운 그 모습이 그때는 부담스러웠다. 화를 참지 못해 순간적으로 혼이라도 낼까 봐 고양이를 뒤로하고 방문을 쾅 닫은 뒤 애써 잠에 들기도 했다.

날마다 너무 큰 자책이 들었다. 좋다고 데려올 땐 언제고 막상 키워 보니 키우기 힘들어 싫다고 하는 것이 얼마나 이기적인 인간의 모습인가. 그렇게 자신 있어 할 때는 언제고, 사랑을 주진 못할지언정 매번 화만 내는 모습이 얼마나 폭력적인가. 도저히 앞으로도 잘 키울 자신이 없어 파양도 떠올렸지만, 어린것들을 파양하는 것도 얼마나 무책임한가. 온갖 자책이 나를 휩쌌다. 그때 엄마 말이 떠올랐다.

"엄마가 처음에 너희 오빠를 낳았을 때, 너무 힘들었어. 애는 울지, 집은 엉망이지. 엄마도 예전에는 한 깔끔했거든. 근데 매일 집이 엉망인 거야. 그래서 화도 내고 스트레스도 엄청 받았어. 그런데 어느 순간부터 마음을 내려

놓게 되더라. 깨끗하지 않으면 어때, 애들이 다 그렇지. 그때 생각하면 너희 오빠한테 미안해. 괜히 화만 낸 것 같아서. 오빠를 겪으니까, 너한테는 별로 화를 내지 않게 되더라고."

엄마도 똑같이 힘들었다. 물론 사람과 고양이는 다르지만, 나와 같은 문제로 스트레스받고 화도 내었다. 그런데 어느 순간 마음을 턱 내려놓았다고 했다. 그때부터 마음이 편해지기 시작했다고. 나에게도 내려놓음이 필요했다. 이 지저분한 집마저 사랑으로 떠안을 수 있을 만큼. 그래도 고양이들이 있어서 다행이라고 느낄 만큼.
그래서 지금 우리 집 꼴이 어떤가 하면, 애 키우는 집만큼 엉망이다. 풍성한 털 덕분에 청소해도 원상 복귀까지 하루. 다음 날이면 바로 털이 넝쿨째 굴러다닌다. 이제 그 털을 받아들이는 마음이 달라졌다. 그래, 저 털이 있어서 쟤네도 귀여운 거지. 허허 웃어 버린다. 고양이들이 휴지를 다 풀어 놓아도 정리하며 "오늘도 파티 했어?"라고 장난도 쳐 본다. 천천히 조금씩, 마음을 내려놓은 것이다.

이 사랑스러운 녀석들을 놓아 버리고 싶다고 생각한 것은 여전히 미안하지만, 그것이 현실이고 솔직한 마음이어서 숨기고 싶진 않다. 숨기고 싶은 상대가 있다면 그것 역시 슈어와 니브. 그러니까 이건 고양이에게만 숨기고 싶은 이야기다.

그 작은 손에
네 삶을 담아

어린이날이었다. 빨간 날 따위 신경 쓰지 않고 작업실로 출근하던 길, 엄마 손을 잡은 아이와 아빠 손을 잡은 아이가 마주치며 지나가는데 마치 서로 알고 있는 것처럼 "안녕?"이라고 밝게 인사하는 소리가 들렸다. 스쳐 지나가다 아이에게 관심이 들어 흘긋 보니 엄마 손을 잡은 아이 손에는 풍선이 쥐어져 있었다.

"너 풍선 어디서 받았어?"
"쩌~기!"

서로 아는 사이인가 싶어 아이 손을 잡은 부모 표정을 보았다. 부모는 처음 보는 사이인 듯 어색하게 눈인사를 하고 있었다. 아, 저 아이 '인싸'의 기운을 타고났구나. 아무나 또래면 인사를 턱턱 건네는. 어린이날이라 그런가 보다 싶어 웃으며 지나가려는데 문득 생각했다.

'나도 어릴 때 저렇게 엄마 손, 아빠 손 잡고 길을 다녔겠지?'

지금이야 다 커서 어색하게 팔짱을 끼는 정도지만 언제 저렇게 부모님 손을 잡아 봤더라. 아. 까마득해서 기억조차 안 났다. 이제 다 컸다고 손잡는 것도 부끄러워하는 애교 없는 딸내미가 되어 있었다. 그러면서 속으론 '쟤들도 크면 부모 손 안 잡겠지' 하며 옹졸하게 합리화도 했다.

출근길의 모습은 잠시 잊고 일을 하다 퇴근. 터덜터덜 집으로 걸어갔다. 저녁을 대신할 편의점 음식과 맥주 네 캔을 사 들고 집에 들어가자 제일 먼저 슈어가 반겼다. 샛문에 고개를 내밀고 "왔어? 왔어?"라는 눈동자로 나를 쏙 확인하더니 문을 열자 휙 돌아섰다. 니브는 통통통 가볍

게 걸어와 내 주변을 계속 뱅글뱅글 돌았다.

나는 슈어와 니브를 잠시 뒤로하고 샤워를 한 뒤 거실 식탁에 앉았다. 편의점 햄버거에 시원한 맥주를 따고 하루를 마무리하려는 찰나, 슈어랑 니브와 눈이 맞았다.

'아 맞다, 어린이날이지.'

고양이에게 어린이날이 무슨 의미인가 싶지만, 그래도 자식 같은 아이들이기에 찬장에서 고양이 캔을 꺼내 땄다. 슈어와 니브는 오늘이 무슨 날인지도 모른 채 코를 박고 간식을 먹었다. 나는 가만히 둘을 지켜봤다. 그렇게 좋을까. 아이를 보는 부모의 심정으로 은은한 미소가 자연스럽게 흘러나왔다. 그새 다 먹었는지 고양이들은 나를 쳐다봤다. 아무래도 더 달라는 의미 같았지만, 알면서도 자리에 털썩 앉아 녀석들을 쓰다듬었다.

'그게 아니라고!'

고개를 빼던 슈어는 끝내 간식이 더 나올 리 없다는 걸 알았는지 뾰루퉁 가 버렸다. 매정한 것. 니브는 그릉그릉 기분 좋은 소리를 내다 내게 꾹꾹이*를 하기 시작했다. 니브의 앞발이 내 허벅지를 꾹꾹 누르는데 문득 출근길에 보았던 부모 손을 잡고 가는 아이 모습이 떠올랐다. 마치 자신의 손을 꼭 잡아 달라고 보채는 어린아이 같았기 때문이다.

물론 고양이가 꾹꾹이를 하는 이유는 애정 표현이기도 하고, 어미 고양이의 젖을 빨기 위해 하던 행동이 습관으로 남은 것이거나 영역 표시이기도 하다. 하지만 그만큼 반려인인 나를 어미처럼 생각한다는 의미이기도 했다. 고양이에게 인간 어미라니. 아니, 슈어와 니브에겐 내가 큰 고양이일 뿐인가?

나는 살며시 꾹꾹이를 하는 니브 손을 감싸 쥐었다. 작고 보드라운 손에서 경이로움마저 느껴졌다. 나는 엄마 손 한번 제대로 잡기 부끄러워하는 딸인데, 내 고양이들은 스스럼없이 작은 손으로 꾹꾹 안마를 해 준다니. 이 경이로운 손으로, 작고 보드라운 손으로.

엄마가 떠올랐다. 엄마도 작은 내 손이 신기했을 때가 있었겠지. 저 혼자 큰 줄 아는 철없는 딸이 될 줄 모르고.

---

* 고양이가 앞발을 이용해 마사지하듯 누르는 행동.

니브에게 받은 마음을, 이 감정을 나누고 싶다는 생각이 들었다.

얼마 뒤, 그림을 배우는 곳에서 열리는 전시에 참여하면서 엄마를 초대했다. 엄마는 강남에서 상수까지 나름 먼 길을 와서 수줍은 표정으로 전시장에 들어오셨다. 함께 전시하는 사람들에게 엄마를 소개하고 작품을 설명한 뒤, 잠시 엄마와 걷는 길. 나는 엄마 몰래 주먹을 쥐었다 폈다 해 보며 망설였다. 그리고 엄마 손을 잡았다. 엄마는 어색한 듯 웃어 보였다. 손에서 손으로, 삶이 담기는 순간이었다.

선생님이라고
부르겠습니다

"인생에 스승이 없어요, 스승이."

같은 작업실을 쓰는 E 군이 한탄하듯 말했다. 돌이켜 보면 나는 좋은 스승이 많았다. 음악을 할 때도, 글을 쓸 때도 앞에서 이끌어 주는 스승부터 인생을 알려 주는 스승까지. 그 덕에 '선생님'이라는 말은 '엄마'나 '아빠'보다 편한 단어이기도 했다. 선생님이라는 말을 입에 달고 살았으니까.

"스승으로 삼고자 하면 무엇이든 스승이 되죠."

좋은 스승을 등에 업은 내가 여유롭게 말했다. 그건 진짜 내 마음이었다. 배우고자 하면 누구든 스승으로 삼을 수 있다. 모두가 스승이다. 하지만 아무래도 E 군에겐 가진 자의 여유처럼 보였는지 곧장 반격이 들어왔다.

"이수연 씨는 그래도 스승이 있잖아요."
"고양이도 스승이 될 수 있어요. 배우고자 하는 마음이 중요하죠."
"고양이가 어떻게 스승이 돼요?"
"알려 드릴까요?"

E 군이 내 말을 기다렸다. '배우려고 하는 마음'이 그 답이었는데 현실적이고 구체적인 걸 좋아하는 E 군에겐 별로 와닿지 않는 말인 듯했다. E 군이 받아들일 수 있도록 고양이에게서 무얼 배울 수 있는지 알려 줘야 했다. '현실적'으로.

"얼마 전에 바닥에서 책을 읽으며 와인을 마시는데, 니브가 와서 안기는 거예요. 근데 자기 덩치가 얼마나 큰지도 모르고 안기다가 컵을 엎지른 거 있죠? 그래서 와인이 막 줄줄 흐르더라고요. 한 방향으로요."

"그게 뭐요?"

"우리 집 바닥이 기울어져 있다는 걸, 제게 알려 준 거예요. 니브가. 그런 깊은 뜻이 있다니까요."

E 군의 표정에 허무함이 가득했다. '그걸 배웠다고 말하는 거야? 이 사람아?'라는 표정임이 분명했다. E 군이 바라는 스승은 조언해 주는 스승, 일을 잘 끌어 줄 수 있는 스승, 기회를 만들어 주는 스승을 뜻한다는 걸 나 역시 알고 있었다. 그런데도 고양이 얘길 했다. 나는 이어 말했다.

"그러니까, 무엇이든 배울 수 있어요. 전 고양이를 통해서 사랑하는 법을 배우고 인생이 내 뜻대로 되지 않는다는 것도 배웠어요. 데려오기 전엔 좋은 것만 생각했는데 막상 데려오니 집 안이 똥밭인 거예요. 그걸 닦으면서 알게 된 거죠. 한 생명이랑 사는 것엔 책임이 따르는구나. 와인을 엎은 것도 똑같아요. 와인을 엎으면 화를 낼 수도 있겠지만, 걔네가 뭘 알겠어요. 제가 좋은 방향으로 생각해야죠. 그러니까, 고양이가 얼마나 큰 삶의 방식을 알려 주는지 몰라요."

"세상 사람들 고양이처럼 대하면 세계 평화가 오겠네요."

"정말로요."

그래도 E 군은 스승을 찾고 싶다고 했다. "그런 거 말고 멋진 멘토 있잖아요!" 하며 멋진 예술가의 이름을 줄줄 댔다. 멋진 인물과 멋진 사람은 물론 많고 많을 테지만, 나는 고양이가 내게 인생 선생님이라는 뜻은 굽히지 않았다. 물론, 나도 존경하는 사람들의 이름을 줄줄 외우기도 했다. 이 사람의 글은 정말 멋지다거나 이 사람의 언어는 깊다면서.

수많은 스승을 얘기하다 집으로 돌아왔을 때, 두 고양이 선생님이 떡하니 자리를 차지하고 있었다. 생각해 보면 모시고 살고 있는 것도 맞으니 충분히 선생님이라고 부를 만했다. 고양이 선생님은 선생님답게 품위를 유지하며 슬금슬금 내게 다가왔다. 나를 향해 자신의 기분을 표현하고 말을 걸어오며 반겨 주었다. 나는 순식간에 선생님들에게 둘러싸였다. 발 언저리를 맴도는 슈어도, 자기 덩치는 생각 않고 안기는 니브도 온몸으로 내게 삶이 무엇인지 알려 주고 있었다. 있는 그대로를 기분 좋게 생각하면 되는 것이라고.

가장 사랑하는 것

"이수연 씨가 가장 사랑하는 건 무엇인가요?"

상담실에서 마주 앉은 정신과 의사가 물었다. 의사는 내게 이 질문을 5년 전에도 한 적 있다. 그때 나는 우물쭈물했다. "가족이지 않을까요?" 나는 물음에 물음으로 애매한 답을 했다. 의사는 "사랑이 맞나요?"라고 되물어 나를 더 당황시켰다. 하지만 5년이 지난 지금, 나는 확신에 차 대답했다.

"저희 집 고양이요. 슈어랑 니브. 고양이를 제일 사랑해요."

이번에는 내가 의사를 당황스럽게 했다. 가족이든 친구든 누구라도 인간을 말하겠거니, 혹은 아무것도 사랑하지 않는다는 확신이라도 얻으려니 했는데 다짜고짜 고양이가 튀어나왔다. 이름도 생소한 슈어와 니브. 의사는 두 고양이 중 누구를 더 사랑하냐고 묻진 않았다. 다만 고개를 절레절레 흔들 뿐이었다.

"나는 너를 제일 사랑해!"

5년 전, 만나던 사람이 애정 가득한 눈빛으로 나를 보며 말했다. 함께한 지 몇 년이 되었는데도 어찌 이렇게 변하지 않는지. 사랑을 외치며 죽을 때까지 함께할 거라는 그의 말이 조금 부담스러웠다. 이제 20대 중반을 넘어가는 내게 죽을 때까지라니. 그때 나는 사랑한다는 답 대신 그에게 니체의 말을 전했다.

"니체가 말했어. 인간은 행위를 약속할 수 있지만, 감정을 약속할 수 없다고."

'그러니까 사랑을 약속할 수 없어'까지 말하지는 않았지만, 그는 뾰로통한 표정을 지었다. 예의상이라도 "나도!"를 외칠 수 있었겠지만, 빈말을 못 하는 성격이라 괜스레 니체 얘길 했다. 그는 "그런 말을 하려고 철학 공부 하냐"고 받아쳤다. "겸사겸사" 내 대답이었다.

5년이 지난 지금 나는 서른을 맞이했고, 정신과 의사는 같은 질문을 했다. 그리고 그 답은 '고양이'가 되어 있었다.

예상한 대답은 아니지만, 의사는 이전보다 조금 안도하는 표정이었다. 내가 무언가 하나라도 사랑한다는 것이 다행이라고 느끼는 듯했다. 그것이 자신이든, 함께하는 고양이든. 사랑을 말하면 니체 얘기나 하던 사람이었는데, 이젠 고양이에게 날마다 사랑을 외치고 있다. 니체, 당신이 틀렸어, 라고 말해 보고 싶기도 하다. 세상에는 변하지 않는 사랑도 존재하는 것이라고. 그리고 그것은… 고양이라고!
고양이들을 통해 나는 사랑이라는 감정을 배우고 있다.

누군가 사랑을 주면 '왜 사랑하는 거지?', '어떻게 사랑할 수 있지?'라는 물음을 품고 살았는데 고양이와 함께한 이후부터 가끔 누군가에게 사랑받으면 고양이를 대입시켜 이렇게 이해해 본다.

'아! 누군가를 진정 사랑하는 마음은 내가 슈어와 니브를 떠올릴 때의 마음 같은 건 아닐까? 계속 곁에 있고 싶고, 더 잘해 주고 싶고, 행복했으면 좋겠고, 건강했으면 좋겠고. 그런 게 사랑이 아닐까? 떠올리기만 해도 마음 깊숙이 따뜻함이 올라와서 손끝까지 온기가 전해지는, 그런 느낌이 사랑이지 않을까? 더 많이 웃고, 더 많이 울게 되는 것이 사랑이지 않을까?'

이런 생각들이 모여서 이제 사랑이 무엇인지, 조금 알 것 같다. 타인이 어떤 마음으로 나를 사랑한다 했는지 이해가 된다. 부모가 되어 본 적은 없지만, 자식이 있다면 어떻게 사랑하게 되는지도 감히 이해되는 것 같다. 내 배에서 나오지도 않고, 종도 다르고, 말도 안 통하는 녀석들이지만 내게 사랑을 가르쳐 준다. 이것이야말로 진짜 사랑이지 않을까.

이제 사랑이란 물음으로 날 당황시키는 방법은 하나뿐이다. "슈어를 더 사랑해요? 니브를 더 사랑해요?" 이 물음만큼은 솔직히 대답할 수 없다. 그건 무엇이 더 아픈 손가락인지 물으면서 손가락을 하나씩 깨물어 보는 일과 비슷하지 않을까.

고양이의 온도

인간의 체온이 36.5도라 한다면 그보다 높은 온도는 따뜻하게, 그보다 낮은 온도는 차갑게 느껴질 것이다. 이는 사람에게 온도가 따뜻하게 느껴지기 위해선 고유의 온도보다 높게 다가가야 한다는 의미이기도, 낮게 다가가면 차갑게 느껴지기도 한다는 의미이기도 하다.

그렇다면 고양이의 온도는 어떨까. 고양이의 체온은 37.5도에서 39.5도. 그러니까 인간보다 1도쯤 높다. 그러므로 고양이는 인간에게 '따뜻한' 동물이다. 특별한 의미를 부여하지 않더라도 체온상 그러하다. 그러나 여기에 조금 특별한 의미를 부여하자면, 고양이는 따스하다. 단순히 체온뿐만 아니라 고양이가 내게 주는 마음까지.

돌이켜 보면, 괴로웠던 모든 순간 배경처럼 고양이가 있었다. 내가 힘들어하던 장소는 대부분 집이었고 그 집엔 늘 고양이가 있었다. 소리 없는 고양이는 집 안 배경과 같았다. 존재하지만, 한편으론 당연해서 신경 쓰이지 않았던 것.

어린 시절엔 더욱 그랬다. 잘 키워 보겠다고 호기롭게 고양이를 데려와 놓고 화장실 청소나 고양이 밥 주는 일은 거의 엄마 차지였다. 물론 '고양이를 데려오고 싶다'는 마음을 강력하게 품은 건 내가 아니라 세 살 터울의 오빠였기 때문에 나에겐 큰 책임도, 권한도 없었다. 그저 같이 데리러 갔고 같이 살게 된 게 다였다.

소라는 까칠한 고양이였다. 먼저 다가오는 법도 없을뿐더러 흔한 애교 한 번 제대로 부리지 않았다. 불러도 대답하지 않는 것은 기본이었고 늘 오빠만 졸졸 따라다녀 나와 엄마는 가족으로 생각하지도 않는 듯했다. 만지는 것도 싫어하고 늘 오빠 방에서 오빠만 기다리고 심지어는 숨어 버리기까지. 낯가림이 심한 소라는 오빠에게 특별

했지, 내게는 그저 같이 사는 고양이였다. 별 신경 쓰이지 않는, 소라라는 이름을 가진 턱시도 고양이.

가족이라 생각하지도 않고 밥이나 줄 때 야옹거리며 따라오는 소라하고는 별다른 기억이 없다. 내가 중학생 때 소라를 데려와 고등학교 자퇴 전까지 함께 살았으니 못해도 3년은 함께했는데 엄청 즐겁거나, 엄청 그리운 추억이 많지 않다. 그저 미닫이문 창을 깨어 버린 사건이나 신발에 오줌을 싸 버린 사건 정도 생각이 날까. 그런데 이 새침데기에게도 따뜻함이 있었다. 고양이가 가질 수 있는 특별한 따뜻함이.

중학교 2학년이었다. 흔히 말하는 '중2병'의 시기, 나는 거센 사춘기를 겪고 있었다. 인생에 풍파를 한 번 겪는다면 내게는 그때가 한 번의 풍파였다. 가족은 밉고 친구는 없고 학교는 싫은 시기. 억지로 등교를 하면 늘 혼자 밥을 먹고 괜스레 할 일 없어 공부하는 척하다 집에 돌아오면 아무도 없는 집에 "다녀왔습니다"라고 인사하던 시기. 집은 늘 텅 비어 있었다. 혼잣말이었다.

그런데 이 혼잣말을 매번 들었던 이가 있었다. 소라였다. 집에 온다고 마중 나오지도 않고 울음소리 한번 내지 않던 소라지만, 내가 하는 혼잣말을 늘 듣고 있었나 보다.

어느 날은 혼자에 지쳐 신발을 벗기 전, 무너지듯 자리에 주저앉아 버렸다. 적응하기 힘든 학교, 어려운 집안 형편, 엄마와의 갈등과 혼자라는 슬픔이 섞여 한 발자국도 나아갈 수 없게 만들었다. 신발 하나만 벗으면 집인데, 그 집에 들어갈 용기가 나지 않았다.

그때, 소라가 다가왔다. 아무리 불러도 소리 없고 까칠하기만 한 소라가. 그리고 주저앉은 내 얼굴에 자신의 얼굴을 가까이 들이밀었다.

"야옹."

소라가 짧게 울었다. 살며시 고개를 드니 소라가 동그란 눈으로 나를 바라보고 있었다. 반짝이는 노란색 눈동자. 곱게 차려입은 턱시도. 다가온 소라는 내 앞에 떡하니 앉아 있었다.

'아무도 듣지 않는 줄 알았는데, 아니었구나.'

평소라면 몸을 빼며 싫어할 소라도 그날은 어쩐지 내 품에 머물렀다. 망부석처럼 가만히 곁을 지켜 주었다. 나는 주저앉은 채 겨우 신발을 벗었고 몸을 끌어 집 안으로 들어왔다. 그리고 소라의 곁에서 울었다. '혼자'가 아니라, 같이.

신경 쓰지도 않던 내게 다가와 신경 써 준 한 고양이. 어쩌면 인간보다 고양이의 온도가 조금 더 높다는 것을, 그들이 따스하다는 것을 그때 나는 알아챈 게 아닐까. 다가와 주기만 해도 마음이 따스해질 수 있다는 건 진짜 따스한 존재이기에 가능한 일이지 않을까. 만약 아직도 고양이의 따스함을 공감할 수 없다면, 길가에 드러누운 고양이 한 마리를 떠올려 보길 바란다. 어떤가. 어쩐지 웃음이 나지 않나. 이것 역시 나는 따스함이라 말하고 싶다.

우리는 상처 주기 위해 함께하는 것이 아니라, 따스함을 나누기 위해 함께한다.
그렇기에 나는 지금도 고양이와 함께한다.

우리가 없는 시간에
너희는 무얼 할까

고양이의 생애는 인간보다 짧다. 인간의 수명은 계속 늘어나고 고양이의 수명도 조금씩 늘어나지만, 그래도 역시 인간보다 오래 살 수 없다. 고양이의 삶은 짧게 스친다. 함께하는 시간보다 기억하고 추억할 시간이 더 길다는 것은 데려올 때부터 정해진 사실이다.

그러나 짧은 생이라 한들 십수 년, 매 시, 매 분 함께할 수 없다. 출근도 해야 하고 약속 때문에 밖에 나가는 일도 일어난다. 그렇게 고양이는 집을 지킨다. 아무도 없는 집에 남아 있어야 한다. 고양이가 혼자 있는 걸 좋아하고 외로움을 별로 타지 않는다고 해도 막상 떨어지면 걱정이 가시지 않는다.

나도 처음에는 고양이라서 그리고 둘이라 괜찮다고 생각했다. 니브나 슈어 둘 중 한 마리만 키웠다면 홀로 남아 있어야 하지만, 어쨌거나 고양이가 둘이니 조금은 낫지 않을까 싶었다. 외로움을 별로 타지 않고 밖에 나가는 것보다 영역에서 지내는 것이 편한 고양이기에 집에서 쭉 살아도 괜찮다는 것도 알고 있었다. 그래서 나에겐 고양이가 적합하다는 생각도 들었다. 외로워하지 않아서, 혼자 있는 걸 좋아해서.

그런데 오히려 시간이 갈수록 고양이가 외로움을 타지 않는 것에 의문이 들었다. 고양이와 유대가 깊어질수록 현관문을 열고 들어가면 샛문 창에 두 발로 기대어 창밖을 바라보는 슈어와 니브의 모습이 보이기 때문이다. 마치 빼꼼 내다보며 "이제 왔어?"라고 말하는 듯했다. 게다가 집에 들어가면 주변을 맴돌며 계속 항의하듯 야옹거렸다. 알고 보면 "화장실 좀 치워라!"라던가 "밥 줘!"라는 의미일 수도 있지만 화장실을 보면 그다지 더럽지 않고 밥도 물도 있는 경우가 허다했다. 그렇다면 이 녀석들도 나를 기다린 것이 아닐까. 나를 기억하고 보고 싶어 하고 반가워하는 것이 아닐까.

여기에 한 가지 더. 내가 집에 없을 때 문밖으로 발소리가 들리면 슈어와 니브가 귀를 쫑긋한다는 친구의 얘기를 들었다. 문 앞으로 가 문에 난 창으로 현관을 바라보았다고. 그러다 띠디디딕 비밀번호를 입력하는 소리가 들리니 앞발을 들고 빼꼼 내다보았다고 했다. 이건 내 발소리를 기억하고 내다보는 것이 아닐까. 누구보다 먼저 나를 반기는 것이 아닐까.

집에 돌아왔을 때 슈어와 니브는 늘 현관 근처에 있다. 내가 동물의 언어를 하나 익힐 수 있다면 그건 고양이의 언어일 것이다. 돌아왔을 때 "야옹!"이라고 외치는 것이 정말 내가 보고 싶어서 그런 건지, 기다렸던 것인지 묻고 싶으니까. 내가 없는 시간을 어떻게 보냈는지 물어보고 싶으니까.

우리가 없는 시간에 너희는 무엇을 하고 있을까. 고양이들은. 슈어는. 니브는. 사실 인간이 없으면 두 발로 걸어다니면서 차 한잔을 하고 있진 않을까. 눈을 끔벅이며 우리에 대한 불만을 토로하고 있진 않을까. "인간은 이래서 안 돼"라며 고개를 절레절레 젓고 있진 않을까. 어쩌면 "언제 돌아오는 걸까"라는 쓸쓸한 말을 하고 있진 않을까. 현관 밖에서 들리는 발소리마다 귀를 쫑긋 세우고 기대하다 실망하는 것은 아닐까. 그러다 내가 집에 돌아올 때면 반가운 마음으로 문 앞까지 마중 나오는 것은 아닐까.

우리가 없을 때 너희의 마음은 어떨까. 행여나 기다리진 않았을까. 행여나 걱정하진 않았을까. 아니면 신경조차 쓰지 않았을까. 여유로웠을까. 평화로웠을까. 쓸쓸했을까. 그리웠을까. 우리가 느끼는 감정을 너희도 똑같이 느끼고 있진 않을까.

똑같이 "야옹"을 흉내 내도 의미를 알 수 없는 인간은 고양이의 모든 것이 궁금하다. 집에 돌아오면 왜 울어 대는지, 왜 발 언저리를 빙글빙글 돌며 다리에 꼬리를 감는지, 왜 동그란 눈으로 고개를 들어 눈을 맞추는지, 손만 가져다 대면 왜 그릉그릉 기분 좋은 소리를 내는지 궁금하다.

고양이에게 말을 할 수 없는 인간은 최대한 고양이의 언어로 마음을 전하려 노력한다. 눈을 맞추고 천천히 깜박인다. 사랑받고 있다고 충분히 느낄 수 있도록. 우리는 충분히 그들에게 사랑받고 있으니까.

단 한마디를
할 수 있다면

나는 종종 여러 가지 상상에 잠긴다. 내가 사람이 아니라 동물로 태어났다면 무엇이 되었을까. 식물도 대화를할 수 있을까. 생각을 읽을 수 있다면 내 삶이 어떻게 달라졌을까. 그중 가장 많이 하는 상상은 '고양이와 대화할수 있다면 어떨까?'라는 상상이다.

인간과 고양이는 서로 대화할 수 없지만 서로의 기분은눈치챌 수 있다. 자꾸 울어 대면 고양이가 무언가 요구하고 있다는 것을 인간은 눈치챌 수 있다. 고양이가 그릉그릉 휴대전화 진동 같은 소리를 낸다면 기분 좋다는 것을 알 수 있고, 억지로 털을 밀어 댈 때면 쏘아붙이는 눈빛이 싫다는 의사 표현이라는 것도 알 수 있다. 내가 슬프고 우울할 때면 슈어와 니브는 귀신같이 눈치채고 다가오기도 한다.

하지만 '대화'라는 것은 조금 다른 문제다. 단순히 기분을 알아채는 것이 아니라 서로의 생각을 아는 방법인 것이다. '왜' 우울한지, '왜' 기쁜지 알아 가는 일. 서로의 오해를 바로잡고 생각과 마음을 나누는 일. 그렇기에 인간은 약속된 언어로 자신을 표현하고 타인을 이해하게 된다.

하지만 인간과 고양이는 언어가 다르다. 표현하는 방식도 다르고 성대의 구조도 다르다. 아무리 똑같이 고양이를 흉내 내며 "야옹~!"이라고 말해 봤자 내가 무슨 말을 했는지도 모르고, "야옹" 소리를 듣고 고양이 녀석이 왜 저런 표정을 짓는지도 모른다. 유머처럼 돌아다니는 이야기 중 인간이 "야옹"이라고 흉내 내면서 말하는 것은 갑자기 "청경채!"라고 외치는, 아주 딴소리라는 얘기까지 돌았다. 이때 고양이는 "뭐라고?" 반응한다면 강아지는 "저도 청경채 좋아해요!"라고 상반된 반응을 한다고 해서 웃음을 자아내었다. 여튼, 그 정도로 인간과 고양이는 서로 대화할 수 없다는 뜻이다.

그래도 만에 하나 내가 고양이 말을 할 수 있다면 나는 무슨 얘기를 듣고 또 말하게 될까. 어떻게 보면 늘상 귀엽게만 느껴지는 슈어와 니브가 거칠게 욕하는 모습을 보게 될지도 모른다. 저 순둥순둥한 눈빛을 보면 차마 그럴 것 같지는 않을 거라 믿고 싶지만. 고양이 역시 내가 고양이 말을 한다면 엄청 놀라며 "그러니까, 지금 나한테 말한 거야?"라고 답할지도 모른다. 그리곤 나를 향해 반찬 투정을 할지도 모르고, "이제 그만 캔을 따지 그래?"라며 명령할지도 모른다. 아, 생각해 보니 못 알아듣는 게 훨씬 삶에 이롭다는 생각이 든다. 어쨌거나 알아들으면 조금은 귀찮아질 것 같으니까.
그다음 나는 생각한다.

'그럼 다 알아듣긴 그러니까, 단 한마디를 고양이에게 전할 수 있다면 무슨 말을 할 것인가'.

딱 한마디만 고양이에게 할 수 있다면, 그런 상상이다. 역

시 이 상상에도 떠오르는 말이 많다. "엄마를 더 좋아해
줘"라든지 "뭐가 제일 힘들었어?"라든지 "제일 행복할 때
가 언제야?"라든지. 궁금한 것들이 잔뜩 떠오르지만, 단
한마디인데 이런 말을 하기엔 조금 아까운 느낌이 든다.
그래서 딱 하나의 말이 필요하다면… 다시 고민해 본다.
이윽고 결론을 내린다.

"사랑해."

역시 이 말을 제일 하고 싶다.
인간은 사랑한다는 말을 하기 위해 수많은 말을 한다. 때
로는 사랑한다는 한마디로 수많은 말을 포기하기도 한
다. 정확하게 사랑이라는 것이 무엇인지 모습이 그려지진
않지만, 이 불투명한 마음이 사랑이라는 것만은 확실하
게 느껴져 그렇게 말하고 싶다. 내가 그들을 가장 소중하
게 생각하고, 위하고, 또 곁에 있고 싶다는 모든 마음을
담아 '사랑해'라는 짧은 말 한마디를 할 것이다. 그렇다면
우리 고양이들은 어떤 반응일까. 으음. 역시 대답까지 다
듣고 싶진 않다. 실망할지도 모르니까.
그래도 내가 슈어와 니브를 진심으로 사랑한다는 것을

전할 수 있으면 된 것이 아닌가. 상대의 대답이 반드시 긍정적이어야만 '사랑'이라는 말이 쓸모가 있는 것은 아니지 않나. 그러나 상대는 고양이들. 사랑을 이해하지 못할지도 모른다. 만약 그렇다면 난 단 하나의 문장을 더 말하고 싶다.

"사랑이라는 것은 그 어떤 존재도 너희를 대신할 수 없다는 거야."

결과적으로 주어진 것이 단 한마디라면 이런 요령도 피워 보고 싶다.

"너희를 대신할 수 있는 것이 아무것도 없을 정도로 너희를 사랑해."

이 정도면 내 마음이 전해지지 않을까. 나는 인간의 언어로 수없이 이 말을 고양이에게 하지만, 고양이는 여전히 아무것도 모르는 눈으로 내 곁에 있다. 그래, 전해지지 않아도 이렇게 곁에 있어 준다면 그것만으로 나는 충분할 것 같다. 욕심 같은 상상이었다.

고양이 처방전

재작년 봄이었다. 새해부터 이것저것 배우면서 글을 쓰며
바쁘게 연초를 보내던 도중 병이 돋았다. 주변에선 팔자
에도 없는 공부를 하다 병이 난 것이 아니냐고 했다. 어
차피 건강하게 살아 본 적도 딱히 없으니 크게 신경 쓰
지 않고 넘어가려고 했지만, 이번만큼은 전과 달랐다. 적
당히 나아야 할 때 낫지 않았다.

4월이었다. 어쩐지 숨이 차고 머리가 깨질 듯이 아프며 먹
는 족족 모두 게워 냈다. 특히 유난히 고기를 먹지 못했
는데, 고기가 조금이라도 들어가면 속이 울렁거려 삼키

기 힘들 정도였다. 식사를 거의 못 한 채로 한두 달이 지나 영양실조가 오고 이윽고 실신까지. 응급실을 두 차례 정도 가고 링거 세 통과 함께 혈액 검사, 소화기내과 검사도 받았지만 약간 높은 간 수치를 제외하면 모두 정상이었다. 간 수치도 술과 약을 먹어 생겨난 고질병이라 신경 쓸 정도는 아니었다.

여러 가지 검사에서 정상이 나온 나는 소화기내과 의사에게 말했다.

"정말, 음식을 보기만 해도 토할 것 같아요. 너무 괴로워요."

"세상에 음식을 보기만 해도 속이 안 좋아지는 병은 없습니다. 정신과에 가 보시는 건 어떨까요?"

"저 이미 정신과 치료받고 있는데요?"

정신과 치료를 받고 있는 내게 다시 정신과 치료를 권할 정도로 내 상태는 엉망이었다. 무엇이 먼저 망가졌는지는 모르겠는데 몸과 마음 모두 확실하게 정상은 아니었다. 거기에 매일 술까지. 병원에선 알콜의존증이 나왔다. 음주를 막지 않던 주변에서도 내게 술을 줄여야 한다고 강력하게 말했다. 아픈 나는 화만 낼 뿐이었다. 이렇게 힘든데, 어떻게 내게 술조차 뺏어 갈 수 있냐고.

점점 망가지다 못해 죽어 가는 나는 기력도 없이 방에 뻗은 채 하루를 보냈다. 홀로 남겨진 방에서 겨우 숨만 쉬고 있으려니 이미 죽은 것이 아닐까 하는 생각마저 들었다. 그때 고양이가 나를 꾸욱 밟았다. 조그마했던 녀석이 언제 훅 커 버렸는지 밟으니 "윽!" 소리가 날 정도였다. 그리곤 이내 곁에 누워 기분 좋은 소리를 냈다.

겨우겨우 힘내어 고양이를 끌어안았다. 품에 쏙 들어왔다. 고양이가 숨을 쉴 때마다 숨결이 얼굴에 닿았다. 나는 홀로 되뇌었다.

'살아 있어, 살아 있어'.

따뜻한 숨결이 닿고 피부가 닿고 마음이 닿는 녀석이 내곁에 살아 있다. 그리고 나 역시 살아 있기에 이들을 쓰다듬을 수 있다. 골골대는 소리를 들을 수 있다. 나는 고양이의 숨소리를 자장가 삼아 잠이 들었다. 거의 한 달 만에 제대로 든 잠이었다.

다음 날, 나는 다시 병원으로 향했다. 의사는 입원을 강력하게 얘기했는데, 돈이 없다며 계속 거절하던 중이었다. 그래도 잠을 조금 잔 덕분에 표정이 약간 풀렸는지 정신과 의사가 먼저 물었다.

"그래도 오늘은 조금 괜찮으신가 봐요?"
"고양이 덕분에요. 함께 있는데 마음이 편해지더라고요. 요 근래 처음으로 마음이 편했어요."
"이수연 씨에겐 고양이가 필요하군요. 방마다 고양이 한 마리씩 두는 건 어떠세요? 그럼 어디서나 마음이 편하지 않을까요?"

의사가 농담 반, 진담 반 섞어 가며 말했다. 의사가 처방으로 고양이를 말하다니. 나는 힘없는 웃음으로 대답을 대신했다. 의사도 현대 의학도 못 한 일을 고양이가 해냈다며 따라 웃었다. 입원만 얘기하던 상담 치료에서 조금씩 차도를 보인 것도 그때 즈음부터였다. 고양이. 고양이 얘기를 하며 살아야 한다는 말의 의미를 익히기 시작했다.
말 하나 통하지 않고, 마음 하나 가늠할 수 없는데도 존재만으로 나를 편하게 했던 슈어와 니브. 지금도 그 힘이 무엇일까 생각한다. 나에게 위로를 준 것도, 약을 처방해 준 것도 아닌데. 그저 숨을 쉬고 곁에 있어 주었을 뿐인데.

그토록 아픈 날들을 살아 내게 하는 힘. 울적한 하루에 작은 웃음을 주는 힘. 아무래도 내게 고양이 처방전은 분명 효과가 있다. 방마다 고양이를 두는 것은 불가능하겠지만, 여전히 나는 그때의 숨결이 얼굴에 닿을 때면 생각한다. 살아 있어. 잘했어.

고양이의 눈높이로
세상을 바라보다

내 어깨 위
고양이, 밥

"천국을 찾고 있나? 나한테 잔뜩 있거든. 코카인, 헤로인. 뭐든 다 있어."

"고양이를 찾아요. 연갈색 고양이인데 혹시 못 보셨나요?" 〈내 어깨 위 고양이, 밥〉 중에서

〈내 어깨 위 고양이, 밥〉은 동명의 책을 원작으로 2017년 개봉한 영화이다. 실화를 바탕으로 한 이 영화는 마약 중독자이면서 노숙자였던 제임스가 마약중독 치료 센터에서 일하는 벨의 도움으로 공공 임대주택에 들어가게

되고 길고양이인 밥Bob을 만나면서 변화하는 삶을 그려 냈다.

원작의 경우 부제가 '한 남자의 영혼을 바꾸다'라고 할 만큼, 제임스의 인생은 고양이 밥을 통해 크게 달라진다. 단순히 고양이를 데리고 다녀 버스킹에서 더 많은 관심을 받게 되는 것이 아니라, 정말 잘 살아가고 싶은 꿈을 가진 사람으로 변화한다. 특히 고양이 밥을 잃어버린 장면에선 제임스의 변화가 한눈에 보인다. 늦은 시각, 길가에서 몰래 마약 거래를 하는 사람에게 다가간 제임스는 묻는다.

"고양이를 찾아요. 연갈색 고양이인데 혹시 못 보셨나요?"

마약이 아니라, 밥을 찾는 것이다. 마약중독으로 죽을 위기까지 갔던 사람이었는데, 마약 딜러에게 다가가 찾는게 '마약'이 아니라 '고양이'라니. 제임스에게 밥이 얼마나큰 의미인지 알 수 있는 절묘한 장면이다. 이 모습 하나만으로 밥이 한 사람의 영혼을 바꾸었다는 말이 과하지 않다. 마약중독자가 아닌, '밥'과 함께하는 '제임스'가 되는 순간인 것이다.

이처럼 고양이는 한 사람의 영혼을 바꾸기도 한다. 반드시 '고양이'여야 하는 것은 아니지만, 고양이라는 존재가 영혼을 변화시킬 수 있음은 영화 하나만으로도 느낄 수 있다. 달라지는 사람들의 시선. 'sir'이라는 표현. 영화 후반부 제임스는 마약중독 치료제인 메타돈을 끊겠다고 다짐하면서 자신의 치료자인 벨에게 말한다.

"난 혼자가 아니에요. 밥 덕분에 여기까지 온 거예요. 한번은 잡지를 팔고 있는데 어떤 남자가 다가왔어요. 멋지게 차려입은 남자였죠. 말 섞을 일 없을 것 같은 부류요. 그 사람이 나더러 '선생님$_{sir}$'이래요. (중략) 내 삶의 가능성을 보여 준 녀석이에요."

제임스에게 밥은 삶의 가능성이었다. 부모에게 버려지고 마약에 빠져 살며 밥 먹을 돈도 없는 길거리 노숙자가 아닌, 한 명의 온전한 사람이 될 수 있다는 가능성. 밥과 함께한 시간이 마약보다 더 이끌리는 삶의 힘이지 않았을까.

나의 삶 역시 마찬가지였다. 제임스처럼 마약에 빠져 살진 않았지만, 삶의 어둠 속에 살았던 것은 분명하다. 알코올의존증을 겪기도 했고 기나긴 우울증을 겪으며 수없이 괴로운 나날을 견뎌야 했다. 열 개가 넘는 정신과 약을 복용하면서 집 밖을 나가지 못하고 어둠이 와도 불을 켜지 않았다. 몸을 일으킬 정신도, 힘도 남아 있지 않았다. 이런 날 보는 사람의 시선이 무섭기도 했다. 사람들은 이해하려 하지도 않고 쓴소리를 뱉어 냈다. 깡말라 가는 몸과 정상적이지 않은 정신. 그걸 바라보는 시선에 관한 상처는 겪어 보지 않은 이에게 설명하기란 어려운 일이었다.

"도대체 뭐 때문에 그러는 거야?"

수없이 병원에 입원하고 퇴원하길 반복하는 날 참다못한 주변에서 그런 얘길 해도 나는 대답하지 못했다. 무엇 때문인지 나도 알 수 없다고 말했다. 나는 알고 있었다. 알고 있지만 한 사람 한 사람에게 아픈 나를 설명해야 하는 게 힘들고 지쳤다. 그래서 나는 늘 이렇게 말했다.
"아파. 몸이 아파. 그래서 그래."
반은 맞고, 반은 틀렸다. 음식을 거부하고 술만 먹으면서 몸에 이상 증세가 나타났다. 심각할 정도로 온몸이 떨린다거나 말을 버벅거린다거나 어지럽거나 쓰러지기도 했다. 반이 틀렸다는 것은 이 모든 신체적 이상 징후는 '정신과적 문제'에서 비롯되었기 때문이었다. 술을 먹기 때문에, 거식증 때문에 생겨난 몸의 이상 증세. 하지만 정신보다는 육체가 아프다는 것이 타인을 이해시키기 쉬웠으므로 나는 늘 그렇게 답해야 했다.

그렇게 나는 고립되어 갔다. 하지만 늘 혼자였던 것은 아니었다. 내겐 고양이가 있었다. 제임스에게 '밥'이 있었던 것처럼 내겐 '슈어'와 '니브'가 있었다. 슈어와 니브는 나에게 아무것도 묻지 않았다. 물을 수 없는 것이 당연하지만, 아무런 물음 없이 내 옆에 다가와 몸을 기대곤 기분 좋은 울음소리를 내어 주었다. 나는 아무것도 해 주지 못했는데 내 몸에 푹 기대었다.

'존재만으로 다행이야.'

제임스가 밥을 통해 느낀 삶의 가능성을 나는 슈어와 니브에게서 느꼈다. 이렇게 아프고 괴로운 나일지라도, 아무것도 하지 못하는 쓸모없는 나일지라도, 존재하는 것만으로 슈어와 니브는 행복하다고 느낀다. 그저 함께하기 때문에. 살아 있기 때문에. 그것만으로 충분하다고 내게 알려 주었다. 그 따스함이 내 영혼을 천천히 변화시켰다. 스스로 죽길 바라던 아픈 영혼에서 존재만으로 행복을 줄 수 있는 영혼으로. 항갈망제(알코올의존증 치료제)를 끊은 것은 그로부터 6개월 만이었다.

엉망이었던 영혼이라고 생각했다. 부모에게 버려지고 마약에 빠진 제임스나, 술에 빠지고 숱한 자해를 해 대던 나나 '제대로 살 수 있을까' 감히 용기 내지 못했다. 하지만 고작 고양이 하나로, 마음을 열고 다가와 주는 존재만으로 삶의 가능성을 찾아냈다. 이런 게 진짜 고양이와 함께하는 삶이지 않을까. 이런 게 진짜, 고양이에게 받을 수 있는 최고의 마음이지 않을까.

나를 사랑해야죠

"나를 가장 사랑해야죠."
'저 지긋지긋한 소리.'

눈앞에 앉은 상담사가 앵무새처럼 하는 말에 반사적으로 생각해 버렸다. 저 지긋지긋한 소리. 그만 좀 할 수 없나. 다행히 아슬아슬하게 남은 사회성 덕에 "그래야죠. 그게 어려운 거죠." 하며 미소로 넘겼다. 표정은 어딘가 썩어 있었을 터였다. 나를 사랑하라니. 그런 얘기, 나도 할 수 있겠다면서.

"나를 가장 사랑해야죠."

이런. 이번에는 내 입에서 나온 말이었다. 힘든 마음을 털어놓는 사람이 나를 부여잡고 어떡해야 이곳에서 벗어날 수 있는지 물었다. 힘든 사람에게 얼마나 쓸모없는 말인지 알면서도 딱히 해 줄 얘기가 없는 나는 그 소리를 내 입으로 해 버렸다.

'저 지긋지긋한 소리.'

아마 내 앞에 앉아 있던 사람도 이런 생각을 했겠지. 수도 없이 들었을 얘기겠지. 그렇지만 그도, 나도 나를 제대로 사랑하지 못해 그런 얘기를 듣고 다녔을 것이다. 도대체 나를 사랑한다는 건 무엇이기에 30년을 살아도 하지 못하는 일이고, 취업하란 얘기보다 더 지긋지긋한 잔소리가 되어 버렸을까.
그러다 나를 가장 사랑하는 존재를 만났다. 그것은 고양이였다.

고양이는 좋아하는 게 많습니다.

좁은 곳을 좋아하고 푹신한 이불도 좋아합니다. 창밖
풍경을 가만히 구경하는 것도, 움직이는 새들도 좋아
합니다. 따뜻한 것과 털실을 좋아하고 집사의 체취가
잔뜩 묻은 옷도 좋아하지요.

그렇게 좋아하는 것들에 자신의 냄새를 가득 묻히곤
하는데, 그중 가장 좋아하는 것은 아마도 자기 자신
인가 봅니다. 《고양이 단편 만화》 12p

힐링하기 위해 샀던 귀여운 고양이 단편 만화의 쪽글에
서 나는 정신이 번쩍 들었다. 생각해 보면 고양이는 늘
자신이 좋아하는 곳에 머리를 비비고 냄새를 묻혔다. 늘
내 바짓가랑이를 부여잡고 머리를 비비적댔다. 손을 가져
다 대면 자신의 냄새를 묻히느라 정신없었다. 이 행동들
이 그저 나를 좋아해서 그럴 거라 생각했는데, 고양이가
자신을 가장 사랑하기 때문이라니. 가장 사랑하는 자신
을 널리 퍼트리기 위함이라니. 이렇게 자아도취 생명체가
고양이 말고 달리 있을까?

도도하고 자신감이 넘치는 고양이를 보며 느낀다. 자신을
사랑한다는 건 달리 특별한 일이 아니다. 하는 일에 자신
감 있고 오라면 오고 가라면 가지 않는, 즉 자신을 위해

거절도 할 줄 아는 일이다. 실수해도 고개 숙이지 않고
또다시 시도한다. 모든 일에 호기심을 가지고 세상을 즐
길 줄 안다. 그것뿐만인가. 사랑하는 자신을 주변에 마음
껏 나눠 주기까지.

"나는 나를 이렇게 사랑해. 이 마음을 네게 좀 나눠 줄
게."

어쩌면 내가 고양이를 진심으로 사랑할 수 있게 된 것도
고양이가 진정으로 '자신을' 사랑하기 때문일지도 모른
다. "나를 가장 사랑해야죠" 같은 지긋지긋한 얘기 말고,
불러도 대답하지 않는 도도함으로. 표현하고 싶을 때 표
현하는 자신감으로. 가장 좋아하는 자신의 냄새를 여기
저기 묻히며 사랑받을 거란 당당함으로. '나를 가장 사
랑하는 일'을 보여 주고 있는 고양이. 그런 고양이를 보며
나는 동경했을지도 모른다. 저렇게 살아 보고 싶다고. 저
존재를 사랑하면 나도 그렇게 살 수 있을지도 모른다고.
결국 "나를 가장 사랑해야죠"는 나를 가장 사랑하지 못
하는 사람들의 말장난 같은 것일지도 모른다. 진정으로
나를 사랑한다면, 보기만 해도 행복해지는 고양이처럼

사랑을 나눠 줄 수 있을 테니까. 여전히 나는 "나를 가장 사랑해야죠"라는 지긋지긋한 소리를 하고 있지만, 언젠가 말이 필요 없는 날이 오길 기다린다. "어떻게 사랑해야 해요?"라는 물음이 필요 없어질 때 나는 비로소 나를 사랑하게 되었음을 알지 않을까.

사랑받고 싶은가? 타인의 반응이 무서운가? 말꼬리 하나라도 잡히면 가슴이 두근거리고 도망치고 싶은 마음이 드는가? 누군가의 가시 같은 말 한마디를 품고 계속 아파하는가? 혼자인 것이 외롭고 두려운가? 흔들리는가? 이물음 밖의 아픔이 있는가?

나는 그렇다.
그렇기에 나를 사랑하고 싶다.
고양이처럼.

기쁘게 유쾌하게

한 명은 종교라곤 관심도 없는 사람이다. 늦게 일어나며 높은 건물이 즐비한 도시에서 산다. 제멋대로 술을 먹고 꼬장도 부린다. 바선생을 만나면 거침없이 죽인다. 사람은 믿을 만하지 않다고 생각하며 백수처럼 살아간다.

다른 한 명은 스님이다. 산속에서 수행하며 절제된 삶을 살아간다. 정해진 시간에 일어나고 정해진 일을 한다. 텃밭을 일구고 생명을 죽이지 않는다. 고기를 먹지 않고 믿음을 가지며 성실하게 살아간다.

다른 두 상황과 다른 두 사람. 어쩌면 이들이 서로 만날 일은 없을지도 모른다. 어쩌다 만나서 얘길 나누더라도 무엇을 얘기할 수 있을까 싶기도 하다. 내가 절에 찾아갈 리 없고 스님이 한강 둔치 주변을 산책할 일은 드물 테니 (또 내가 한강 둔치를 산책하는 일도 드물 테니) 역시 만 날 일은 없다고 보는 것이 맞다.

그런데 그런 그와 나는 마음이 통할 수 있다고 확신했다. 왜냐하면 스님 역시 고양이와 함께 살고 있기 때문이다. 물론 나와 같이 집고양이처럼 데려온 것은 아니나 놀러 오던 고양이가 어느새 자리를 잡고 터줏대감이 되었으며 수년간 함께 동고동락하며 그에 관한 책까지 썼다. 이건 통하지 않을래야 않을 수 없다고 확신했다.

> 내가 냥이를 돌보면서 얻은 공덕이라면 기쁘게Happy, 유쾌하게Pleasure 살겠다는 각성을 하게 된 것이라고 말할 수 있다. 《고양이가 주는 행복, 기쁘게 유쾌하게》 75p

나라면 '공덕'보단 배움이라 표현하고 싶지만, 고양이가 기쁘고 유쾌하게 살아간다는 것에 반박할 마음이 들지 않았다. 기쁘게 그리고 유쾌하게. 고양이의 다양한 표정 과 삶의 방식을 보고 있자면 그 삶이 얼마나 기쁘고 유쾌할 수 있는지 쉽게 알 수 있다. 항상 넘치는 호기심과 굴하지 않는 모습. 때로는 이해할 수 없어 웃음 짓게 만드는 기쁨까지.

> 냥이의 경우, 양탄자도 필요 없고 보석으로 치장한 집이라 해도 별 관심이 없다. 그저 종이상자라도 하나 구석에 놓아 준다면 행복하게 한나절을 깊은 잠에 빠져 보낼 수 있다. (중략) 기쁨이 있는 가난은 훌륭하다고 하는데, 냥이는 이런 철학에 아주 충실한 방향으로 몸을 틀었다. 《고양이가 주는 행복, 기쁘게 유쾌하게》 75-76p

스님이 고양이를 통해 '배우는' 시선에 한껏 공감한다. 나 역시 고양이를 스승으로 모시고 있기에 느끼는 동질감이라고 해야 할까. 양탄자 하나 없이도, 보석으로 치장한 집 없이도 종이상자 하나면 기쁘게, 유쾌하게 하루를 보낼 수 있는 고양이.

"치장 따위는 치워 버려! 종이상자면 돼!"

기쁨이 있는 가난을 보여 주는 것은 스님의 고양이가 특별해서가 아니라 그저 고양이이기 때문일 것이다. 역시, 다르게 말하면 내 고양이가 특별해서 내가 자꾸만 고양이에 관해 얘기하는 건 아니다. 내 고양이도 다른 고양이와 같이 그저 '고양이'에 불과하다. 그럼에도 내 고양이가 특별해질 수 있는 것은 이 고양이에게서 배우고 찾아내는 내 삶이 있기 때문일 것이다. 스님에게 '냥이'가 특별한 이유 역시 같을 것이다.

"이렇게 기쁘고 유쾌하게 살아가면 되나 봐요."

다른 상황, 다른 고양이를 키우는 다른 두 사람이 만났을 때 대화의 끝에 이렇게 말하지 않을까. 고양이처럼 기쁘고 유쾌하게 살아 보자고. 그게 공덕이 되었든 배움이 되었든 상관없이 그냥 우리가 살아가는 방식으로 썩 괜찮지 않느냐고.

야박함의 필요성

"아씨! 또 지하 창고에 고양이가 내려왔어요!"

평화로운 작업실에서 큰 소리가 났다. 신촌의 한 건물 지하, 예술 공방을 운영하는 E와 작업실을 나눠 쓴 지 석달이 지났는데 이렇게 짜증 섞인 소리는 처음이었다.

"그게 왜요?"

작업실에서 얼마 지내지 않은 나는 '고양이가 지하 창고에 내려왔다'는 게 왜 짜증 나는 일인지 알 수 없었다. 게다가 고양이지 않나? 고양이라면 두 손 두 발 들고 환영해도 모자랄 생명체지 않나? 애묘가로서 고양이의 존재가 불편할 수 있을 거라 생각하지 못한 나는 물음을 건넸다. 듣자 하니 이런 얘기였다.

"이전에도 종종 고양이가 내려왔는데, 그냥 두니까 저기서 새끼 낳더라고요. 그러다 몇 번 키우기도 했는데 작업실이 지하기도 하고 데려가 키울 상황도 안 되고… 게다가 새끼 고양이한테 손대면 어미가 사람 냄새 때문에 새끼를 죽이기도 한다니까 손도 못 대고. 여튼, 저기서 새끼라도 낳으면 책임 못 져요. 쫓아내야 해요."

생각해 보니 맞는 말이었다. 만약 작업실 창고에서 새끼라도 낳으면 책임질 수 없는 것은 나도 똑같았다. 이미 고양이 두 마리를 키우고 있는 상황에서 새로운 고양이를 키울 수는 없는 노릇. 게다가 작업실에서 키운다 한들 한 생명을 쉽게 키울 수 있는 것도 아니고 햇빛 하나 들지 않는 지하에서 고양이를 키우는 게 과연 고양이를 위해 좋은 일인가 싶기도 했다. 어쨌거나 고양이에겐 미안하지만 쫓아내야 하는 상황. 우리 집 고양이가 떠오르며 가슴이 찔렸지만 해야 하는 일이었다.

'고양이 내쫓기'는 2인 1조로 이뤄졌다. 한 명은 1층 현관문을 활짝 열어 두고 고양이가 위층으로 올라가지 않고 밖으로 나갈 수 있도록 유도하는 역할. 한 명은 창고 짐을 치우며 숨은 고양이를 1층까지 내쫓는 역할이었다. 그 중 내 역할은 후자였다. E는 '고양이 내쫓기'의 경험자이지만, 고양이가 툭 튀어나오는 걸 무서워해 결국 내가 그 역할을 맡게 됐다.

1층에는 E가, 지하 창고에는 내가 배치되어 각자의 자리로 향했다. 고양이가 도대체 어디 있나 싶었는데 제일 구석 안쪽에서 몸을 웅크리고 잔뜩 긴장한 채 나를 보고 있었다. 아아. 마음이 아파 왔다. 길에서도 편하게 살지 못했을 텐데 이 고양이를 불편하게 만들어야 한다니. 하지만 가벼운 동정심으로 책임지지 못할 일을 할 수 없었다. 나는 마음을 단단히 먹고 기다란 우산으로 고양이 주변을 탁탁 치며 겁을 줬다.

"후다닥!!"
고양이가 탁구공처럼 튀어 나갔다. 밖으로 나간 것은 아니고 구석 어딘가로 갔는데 도무지 어디로 갔는지 알 수 없었다. 우산으로 여기저길 치며 소리 내고 겁주어 봐도 튀어나올 생각을 하지 않았다. 정강이만 한 녀석(내 정강이는 작다)이 어디에 그리 꼭꼭 숨었는지. 아무리 겁주고 찾아봐도 나오지 않아서 결국 창고 짐을 하나씩 꺼내어 찾기에 이르렀다.

난로, 팔리지 못한 책, 포장지 상자, 조명 상자 같은 것들을 하나씩 밖으로 옮겼다. 1층에서 기다리는 E는 "아직이에요??"라며 채근했다. "잠시만요! 찾고 있어요!"라며 몸집만 한 상자를 밖으로 꺼내는데 상자와 상자 사이 내 팔뚝만 한 좁은 틈 사이로 고양이가 납작하게 숨어 있었다. 어지간히 무서웠나 보다. 다시 마음이 약해졌지만 굳은 마음으로 고양이의 엉덩이를 살며시 쳤다.

"호다다닥!"

놀란 고양이는 재빠르게 다른 방향으로 튀어 나갔다. "거기 아니야!"라며 우산으로 고양이의 길을 막고 최대한 1층 계단 쪽으로 유인했다. 고양이가 무서워하는 걸 알면서도 쫓아내고 있으려니 "미안해…!"라는 말이 절로 나왔다. '미안해'와 '거기 아니야!'를 다섯 번 정도 오간 뒤에야 고양이는 드디어 계단 쪽을 향해 달려갔다.

"고양이 올라갔어요!"

지하에서 내가 외치자 1층에 있는 E가 똑같이 "거기 아니야!"를 외쳤다. 하지만 창고처럼 복잡한 구조가 아니라 금방 밖으로 나간 듯했다. 고양이 한 마리를 내쫓기 위해 창고 짐을 거의 빼야 했고 30분간 전쟁을 치러야 했다.

"앞으로는 현관문이랑 철문 꼭 닫고 다녀요."

무사히 임무를 수행한 E가 내게 일렀다. E도 냥줍*을 하고 키우다 무지개다리까지 보내 본 사람으로서 고양이를 사랑하는 사람이지만, 현실의 벽 앞에선 모진 사람이 되어야만 한다는 걸 알려 주었다. 나나 E나 생명을 키워 본 사람으로서 책임의 무게를 알고 있었다. 그래서 모진 사람이 되었다.

* 길에서 고양이를 줍는 것을 말한다.

고양이에겐 너무 야박한 인간이었겠지만, 버려지는 반려동물을 생각하면 세상엔 야박함도 필요할지 모른다. 현실적인 상황이 되는 사람에게 그 고양이가 닿을 기회를 주는 일일지도 모른다. 나는 그날 야박함과 모짐이 세상에 왜 있는지 조금은 알게 되었다.

고양이와 할아버지

2020년 4월, 개봉했던 영화가 있다. 영화를 좋아하지 않는 내가 훌쩍이며 마음 깊이 보았던 영화. 오래오래 길이 남을 영화. 〈고양이와 할아버지〉. 고양이가 잔뜩 사는 섬에서 고양이 타마와 다이키치 할아버지가 함께 살아가는 평화로운 이야기이다.

섬에 남은 것은 고양이와 노인뿐. 다이키치 할아버지네 또한 아들은 도시로 떠났고 아내를 잃은 지도 얼마 되지 않았다. 외로울 것 같이 느껴지지만 할아버지 곁엔 타마라는 고양이가 늘 함께한다. 산책을 하고 밥을 함께 먹는

다. 잠든 할아버지를 깨우는 것도, 죽은 아내의 레시피 노트를 찾아 준 것도 타마다. 할아버지는 타마가 찾아 준 아내의 레시피 노트가 다 채워지지 않은 것을 보고 자신이 나머지를 채워 나가기로 하면서 영화는 진행된다.

이 영화는 조금은 특별한 '섬'이라는 배경과 우리가 싫어할 수 없는 '고양이'라는 존재를 담고 있다. 하지만 이게 다가 아니다. 고양이와 함께하는 '노인'들의 이야기를 보여 줌으로써 죽음 이후 남겨진 이들이 어떻게 살아가는지를 보여 주는 게 더 중요한 주제라고 할 수 있다. 함께라는 것은 언젠가 누군가는 남겨진다는 이야기이기도 하니까. 할아버지가 아내를 잃고 고양이와 남겨진 것처럼.

영화 속 남겨진 것은 할아버지와 타마뿐만이 아니다. 노인들이 가득한 섬에선 죽음이 갑작스럽지 않다. 보통 우리의 삶에선 고양이가 먼저 떠나가지만, 이 섬에선 사람이 먼저 떠나가기도 한다. 사치 할머니가 죽고 고양이 미짱이 남겨진 것처럼. 사치의 장례식에서 미짱을 누가 키울 것인가 노인들끼리 이런 말을 한다.

"자기가 죽은 뒤는 걱정하지 마. 네가 죽어도 다른 사람이 돌봐 줄 거야. 그럼 되지."

그래서일까. 이 영화에 나오는 고양이는 집 안에만 있지 않고 섬 여기저기를 돌아다닌다. 마주치는 모두가 돌봐주고 함께해 준다. 마치 걱정하지 말라는 듯. 당신이 떠나도 나는 괜찮을 거라고 얘기해 주는 듯. 미짱 역시 '모두의 고양이'가 되기로 한다. 모두가 보살펴 주는, 모두의 고양이.

내가 죽게 된다면 다른 사람이 고양이를 돌봐 줄 것이다. 고양이가 먼저 죽는다면 다른 사람 혹은 다른 고양이가 나를 돌봐 줄지도 모른다. 우리가 해야 할 일은 찾아올 죽음을 두려워하며 관계를 피하는 것이 아니라, 죽음이 찾아올지언정 온 힘을 다해 함께하는 것이 아닐까. 죽음을 알면서도, 이별을 알면서도, 두려워하지 않고. 모두 처음인 것처럼. 그러다 떠나가게 되면, 혹은 남겨지게 되면 당연한 듯 누군가의 보살핌을 받고 보살핌을 주며 함께 살아가면 되는 게 아닐까. 나도, 고양이들도.
내가 할머니가 된다면, 아마 지금 함께하고 있는 고양이는 세상을 떠난 뒤일 것이다. 못해도 할머니라 불리려면 40년은 걸릴 텐데, 우리 집 고양이는 다섯 살이고 고양이 수명은 길어도 20년이니. 그래도 나는 할아버지가 된 고양이 정도는 볼 수 있을 테고, 할머니가 되었을 때는 또 다른 고양이의 보살핌을 받으며 살아가고 있을지도 모른다. 그때 가선 영화 속의 한 장면처럼 내 장례식장 앞에 내 고양이가 지키고 앉아 있을지도.

하지만 그 일이 마냥 슬프고 걱정되는 것은 아니다. 보살펴 줄 이들을 믿기 때문이다. 늙어 가는 고양이들을 떠나보내고 할머니가 된 내가 떠나면 나를 떠나보낼 고양이는 다시 늙어 가고. 또 늙은 고양이가 인간을 만나며 보살핌은 평생 이어지지 않을까. 인연도, 기억마저도.

만약, 그렇다면 기억은 시간을 넘어 그 어느 것도 끝나지 않을지도 모른다.

나는 고양이로소이다
(니브 편)

"엄마! 엄마! 엄마!"

나는 저 큰방 앞에 있는 창살이 마음에 안 든다. 머리를 들이밀면 조금은 틈새로 빠져나갈 수 있을 것 같은데… 하고 머리를 밀어 넣어 보아도 코만 삐죽 튀어나온다. 뛰면 오를 수 있을까 싶어 온 힘을 내어 뛰어오르는데 간신히 발만 조금 뜨고 넘어갈 수 없다. 대신 수건이 툭 떨어진다. 수건에서 나는 엄마의 냄새. 익숙한 냄새에 배에 깔고 누워 있는데 그 모습을 발견한 엄마는 "아앗!" 하면서 나를 들어 올린다. 내가 그렇게 들어가려고 할 때는 안 열어 주더니 이제야 여는 건가. 당당한 걸음으로 방에 들어가려는 찰나 엄마가 다시 말한다.

"니브, 안 돼~."

그리곤 매정하게 창살을 다시 닫는다. 들어가고 싶어! 같이 있고 싶다고! 나는 창살 사이로 손을 빼꼼 내밀어 흔든다. 덜컹덜컹덜컹덜컹. 큰 소리가 반복해서 울린다. 여전히 엄마는 반응이 없다. 다시 한번 덜컹덜컹덜컹덜컹. 그제야 엄마가 고개를 내밀고 나를 바라본다. 엄마의 눈빛을 보고 있으니 기분이 좋다. 몸이 진동하며 골골 소리가 난다. 다시 엄마가 뒤돌아서면 나는 또 덜컹덜컹덜컹덜컹.

"에휴, 니브는 못 이긴다니까."

드디어 엄마가 창살 문을 열어 준다. 나는 조심스럽게 발을 떼고 방 안으로 들어간다. 평소에 잘 열리지 않는 이 공간에는 엄마의 냄새가 잔뜩 배어 있다. 자연스럽게 기분이 좋아진다.

조금 더 눈치를 보다 엄마가 누운 침대 위로 폴짝 뛰어 오른다. 실수로 엄마를 밟아 "윽!" 하는 소리가 들려오지만, 그마저도 좋다. 푹신푹신하게 밟히는 천의 감촉과 엄마의 따뜻한 체온. 나는 자리를 잡고 누워 마음껏 뒹군다. 계속 돌고 돌다 퍽, 침대 밑으로 떨어지기도 했다. 그럴 때면 엄마는 행복한 듯 웃는다. 등짝이 조금 아프지만, 어쨌거나 웃는 얼굴은 기분이 좋다.

엄마는 나를 번쩍 들어 품에 폭 안는다. 얼굴이 다가오는 것은 싫지만 그 품은 싫지 않다. 손으로 얼굴을 밀면서도 그릉그릉. 소리가 그치지 않는다.

늦은 밤이 되면 엄마는 거실로 나온다. 종이가 잔뜩 묶인 (책이라고 부르는 듯하다) 것을 들고 나오기도 하고 소리가 나는 작은 상자를 들고 나오기도 한다. 항상 높은 상위에는 캔이 놓여 있다. 밟으면 찌그럭 하는 소리를 내는 차갑고 신기한 물건이다. 나는 엄마 무릎 위에 올라가고 싶어 주변을 이리저리 맴돈다. 상에도 올라가 보고, 의자에도 올라가 보며 엄마에게 잔뜩 어필한다. 양손을 엄마 무릎에 가지런히 놓기도 한다. 그럼 엄마는 내가 올라올 수 있게 자리를 만든다. 폴짝. 엄마 무릎 위에 올라왔다.

좁지만, 좁아서 기분이 좋다. 다시 그릉그릉 소리가 난다. 나는 좁은 엄마의 무릎 위에서 다시 몸을 굴리며 만져 달라고 외친다. 엄마는 다른 곳을 보다가도 내가 앵~ 하고 울면 나를 바라보고 다시 다른 것을 보다가 앵~ 하면 쳐다본다. 이런 일을 몇 번 반복하다 보면 엄마는 "알겠어~" 라며 내 턱을 긁어 준다. 몸에 힘을 빼고 엄마의 손 위에 턱을 올린다. 역시나 그릉그릉 소리가 그치지 않는다.

한참을 앉아 있던 엄마는 꼭 중간에 일어난다. 조금 더 붙어 있고 싶은데 늘 내 마음을 몰라준다. 엄마가 어딜 가든 뒤를 쫓아간다. 냉장고면 냉장고 앞, 화장실이라면 화장실 앞, 방에 들어갈 때도 함께….

이런, 엄마가 또 창살 문을 닫는다. 나는 다시 그 앞에 앉아 창살을 흔든다.

"더~ 더~."

하지만 이번에는 조용하다. 아마 잠이 들었나 보다. 뒤를 돌아보니 동생 녀석이 캣타워 위에서 나를 한심한 듯 보고 있다. "그것들은 말이 안 통한다니까!" 동생이 말한다. "그래도 좋은걸!" 내가 말한다. "와서 잠이나 자!" 다시 동생이 말한다. 아무래도 오늘은 동생 말을 들어야 할 것 같다. 하지만 내일 엄마를 본다면 더 많이 만져 달라고 할 것이다.

내일이 오면 또 볼 수 있다니! 빨리 잠들어야겠다!

나는 고양이로소이다
(슈어 편)

우리 집엔 거대한 것이 하나 있다. 대충 눈과 코와 입이 있지만, 귀는 날카롭지 않고 입은 나보다 커다랗다. 웃을 때면 가지런한 이가 보이는데 날카로운 이는 보이지 않는다. 대충 이런 걸 보면 나처럼 고양이는 아닌 것 같다. 그렇다고 뭐라 불러야 할지 모르니 대충 큰 것으로 얘기해야겠다.

큰 것은 아주 잠이 많은데, 고양이인 나보다 더 많이 자서 때로는 의아하다. 아직 어려서 잠이 많은 것인지, 원래 잠이 많은 것인지 모르겠다. 어떨 때는 해가 다 질 때까지 자고 있다. "한심하긴!"이라고 외치며 깨워 봐도 계속 잔다. 언제 일어날까 신경을 쓰다 보면 어느새 지쳐 나도 잠에 빠진다. 그러다 큰 것이 일어나면 기껏 잠든 나를 깨운다. 쓰다듬는 손이 기분 좋지만, 그간 기다린 것을 생각하면 약간 얄미워 눈을 가늘게 뜨고 큰 것을 노려본다.

큰 것은 일어나면 물이 샘솟는 신기한 방에서 물을 잔뜩 맞고 나온다. 나는 내심 물에 빠지지 않을까 걱정하며 문 앞을 서성이는데 언제나 무사히 빠져나온다. 나는 소리 내어 "그래도 위험한 짓은 그만해!"라고 외치지만, 큰 것은 못 알아듣는지 밥그릇을 흘긋, 물그릇을 흘긋. 비워진 곳을 채운다. 딱히 말을 알아듣는 것 같지는 않지만, 어쨌거나 물이나 밥이 채워지니 잔소리를 멈출 수가 없다.

물을 잔뜩 맞고 나면 다시 큰방으로 들어가 부스럭부스럭 소리를 내고 옷을 입는다. 새 옷에는 낯선 냄새가 가득하다. 큰 것이 낯선 향에 놀랄까 봐 나는 새 옷 위를 뒹굴며 잔뜩 내 냄새를 묻혀 놓기도 한다. 그런데 큰 것은 내 마음도 모르고 엉뚱한 짓을 한다. 기껏 묻혀 놓은 털을 떼어 내고 이상한 향이 나는 스프레이를 뿌려 댄다.

"엄마 기다렸어?"

뭐라고 말하는지 모르지만, 다정한 어조다. 나는 앞에 있을 뿐인데 자꾸 다정한 어조로 알 수 없는 말을 걸어온다. "뭐라는 거야?" 내가 큰 것에게 묻는다. 큰 것이 뭐라 뭐라 말한다. "아니, 못 알아듣겠다고." 큰 것은 다시 웃으며 말한다. 이제 무슨 말인지 묻는 것도 지쳐서 요즘은 그냥 "쓰다듬기나 해"라고 말해 본다. 이 말은 알아듣는지, 큰 것은 열심히 나를 쓰다듬는다. 물론 털이 헝클어져 성가시기도 하지만, 부드러운 손길은 기분 좋다. 뭐, 그 정도는 넓은 마음을 가진 내가 봐줘야지.

하지만 역시 털이 헝클어지는 것은 별로라 금방 일어난다. 큰 것은 나를 졸졸 따라온다. 귀찮게 하기는. 높은 곳으로 올라간다. 큰 것이 까치발을 들고 나를 쓰다듬는다. 아니 그만 쓰다듬으라고.

큰 것은 한참 나를 따라다니다 현관으로 나간다. 여전히 다정한 말투로 알 수 없는 말을 한다. 막상 나가니 아쉬워 문 앞을 서성여 본다. 이제 가면 언제쯤 돌아오는 걸까. 딱히 기다리는 것은 아니지만 뭐랄까, 없는 것보단 있는 것이 좋다. 포근하다고 해야 할지, 따뜻하다고 해야 할지. 집 안의 온도가 조금씩 달라지는데 큰 것이 있을 때 확 올라오는 온도가 좋다. 그러고 보니 저 큰 것은 이런 걸 알고나 있을까. 집에 오면 얘기해 줘야겠다.

"왔어? 덕분에 집이 한결 따뜻해졌네. 기다린 건 아니고, 그냥. 있으니까 좋다고."

이번에는 제대로 알아들으려나. 돌아왔을 때 순간 환해지는 큰 것의 얼굴을 떠올려 본다. 슬슬 잠이 온다. 자고 일어나면, 큰 것이 환하게 웃으며 나를 쓰다듬고 있겠지? 역시, 내가 없으면 안 된다니까.

안녕, 고양이

우리의 생은
다르게 흐른다

소라를 처음 만난 것은 2008년, 여름이었다. 고양이를 간
절히 원했던 고등학생 적 오빠는 어울리지도 않는 생떼
를 썼고, 엄마는 반대했다. 그러나 자식 이기는 부모 없다
고, 소라를 끝까지 책임지겠다는 오빠의 각오는 엄마의
마음을 느슨하게 만들었다. 그 느슨함을 놓치지 않기 위
해 오빠는 날 데리고 바로 소라를 만나러 갔다.

소라가 있던 곳은 달동네였다. 역에서 내려 주소를 찾아
걸어가는데 경사가 높고 굽이진 길이 계속 나타났다. 좁
은 길 양옆에는 낮은 임시 건물이 오밀조밀 모여 색색깔

의 지붕이 이어져 있었다. 오르막길에 숨이 차서 자주 쉬다 보니 주변 모습이 천천히 깊게 남아 있다. 철 지난 여름이었지만, 아직 대낮의 햇빛이 강렬해서 나와 오빠는 땀을 뻘뻘 흘렸는데, 그것도 그날을 기억하게 만드는 감촉이다.

마침내 파란 지붕을 찾아냈다. 철로 된 대문이 있었는데 건물은 낡아 보였다. 우리는 고양이를 임시보호 중인 사람에게 전화를 걸어 집 앞에 도착했다고 알렸다. 5분 후. 임시보호자는 작은 상자 하나를 들고 대문 앞으로 나왔다. 그곳에는 검은색에 흰색이 턱시도처럼 섞인 작은 고양이 세 마리가 있었다.

"한 마리만 데려가신댔죠?"

임시보호자가 물었다. 마음 같아선 모두 데려오고 싶었지만, 엄마가 허락할 리 없었다. 임시보호자는 원래 다섯 마리를 구조했는데 두 마리는 분양되었고 한 마리 정도는 자기네에서 키울 생각이라고 했다. 그러니 원래 뿔뿔이 흩어져야 하는 운명을 타고난 턱시도 형제들이었다. 우리는 고양이를 키우고 싶었지, 어떤 고양이를 키우고 싫은지는 미처 생각하지 못해 세 마리의 고양이를 물끄러미 바라봤다. 그러다 자꾸 한 녀석과 눈이 맞았다. 다른 녀석들은 꾸물꾸물 움직였지만, 한 녀석만큼은 우리에게 자꾸 눈으로 말을 거는 것 같았다.

"이 녀석, 이름은 없는데…, 사실 저희가 키울까 한 고양이예요. 애교도 많고 다른 애들과 잘 어울려서요. 이 녀석이 좋으세요?"

임시보호자는 조금 아쉬운 티를 내면서도 우리 품에 한 고양이를 안겨 주었다. 품에 쏙 들어오는 녀석은 두 손바닥에 쏙 들어올 만큼 작았다.

"중성화는 하셔야 하고, 예방접종은 1차까지만 맞았어요. 아, 그리고 자꾸 애들이 파양되는 경우가 많아서 분양비는 아니고 책임진다는 의미로 5만 원을 받아요. 아시죠?"
"아… 네."

품 안에 안긴 고양이가 으스러질까, 우리는 다시 상자

안에 녀석을 넣었다. 아직 마음을 정하진 못했는데 상자 속에 다시 섞이자 그 녀석만 다르게 보였다. 처음 봤을 땐 세 고양이 모두 똑같이 생겼다고 생각했는데. 다시 형제들 사이로 들어갔지만 품에 안아 본 녀석만은 어디서든 알아볼 수 있을 것 같았다. 그렇게 우리는 소라를 만났다.

고양이를 품에 안고 다시 가파른 내리막길을 걸었다. 아직 이름 없는 고양이는 자꾸만 앵앵 울어 대서 지나가는 사람들이 흘긋 쳐다보았다. "가만히 있어. 괜찮아."라고 계속 말해 보았다. 어쩐지 우리와의 만남보다 형제와의 헤어짐이 더 슬픈 듯했다. 그러나 우리는 아직 어려서 그 슬픔을 헤아리기보다 앞으로 고양이를 키울 수 있다는 설렘에 부풀어 올랐다. 어린 사람이 어린 고양이를 데려온 격이었다.

우리는 얼마 없는 용돈을 긁어모아 근처 동물병원에서 이동장과 먹이, 밥그릇 등 고양이 용품을 사고 택시를 잡았다. 이동장에 들어간 녀석은 조금 조용해졌지만, 그 불안은 우리에게까지 느껴졌다. 키우고 싶었다. 그런데 잘한 일이었을까. 그래도 가족이 되었으니 택시에서 이름을 지어 주었다. 소라. 일본어로 하늘이고 우리말로는 말 그대로 소라. 부르기 편하다는 간단한 이유로 녀석은 소라가 되었다.

애교 많고 순하다는 임시보호자의 말과 달리 소라는 새로운 환경에 잘 적응하지 못했다. 밥도 먹지 않아 매번 손으로 물에 불린 사료를 손으로 직접 먹여 줘야 했다. 게다가 작은 몸으로 얼마나 울어 대던지 소라가 오고 한 달 넘게 제대로 잠든 적이 없을 정도였다. 경계심도 많아 쉽게 손을 댈 수 없었고 우리 집에 그런 공간이 있었나 싶은 좁은 틈에 들어가 숨어 버리기 일쑤였다. 이래서 임시보호자가 돈을 받았구나 싶기도 했다. 그 한 달은 고양이를 키우고 싶다는 마음을 잊게 만들 정도로 고된 나날이었다.

그런데도 오빠는 소라를 포기하지 않았다. 소라가 울면 놀아 주고 배고프면 사료를 하나하나 집어 손으로 먹였다. 오빠의 정성에 소라도 마음을 열었는지 조금씩 새집에 적응했다. 우는 날이 줄어들고 집 안을 우다다 달리는 일이 많아졌다. 그렇게 소라는 우리의 진짜 가족이 되었다. 고양이를 반대했던 엄마도 내심 마음을 열어 소라를 불러 보기도 했다.

그런데 생각해 보면 소라는 우리를 가족이라 느끼기보

단 오빠만 가족으로 생각했다. 오빠가 키우고 싶어서 데려온 녀석이었고 매번 오빠 방에서만 잠을 청했다. 울고 있던 10대인 나에게 다가와 옆에 폭 앉아 있기도 했지만, 오빠가 아니면 장난을 치지도, 애교를 부리지도 않았다. 그도 그럴 것이 소라가 처음 집에 온 힘든 한 달간 오빠가 모든 걸 희생해 가며 소라만을 위했으니 소라에게 오빠는 부모였을 것이다. 그렇게 시간이 흘러 오빠가 군대에 갔을 때는 소라 역시 우울증에 걸리기도 했고 마침내 오빠가 제대했을 때 누구보다 기뻐했다. 나의 이른 독립과 오빠의 독립에 세 가족이 모두 흩어지던 날, 우리는 누가 소라를 데려가야 할지 고민하지도 않았다. 그렇게 소라는 14년을 오빠와 보내고 있다.

따로 산 날이 길어지다 보니 소라도 나를 잊어 갔다. 오빠 집에 놀러 가면 소라는 후다닥 숨어 버리고 나오지 않는다. 누군지 알아보지 못해 레이저 눈빛으로 나를 쳐다본다. "소라야, 나야."라고 해도 알아듣지 못한다. 나이가 든 탓에 겁이 많아진 건지, 잊어버린 건지. 여하튼 여전히 오빠 바라기다. 오빠 역시 경제적 독립으로 나이든 소라를 키우면서 동물병원에 몇백을 써야 하기도 했다. 그런데도 여전히 소라와 마지막까지 함께하겠다는 다짐을 놓지 않는다.

10대였던 우리는 이제 30대가 되었다. 우리의 시간은 청
소년기와 청년기 즈음을 지나가고 있는데 두 손바닥만
한 소라의 시간은 다르게 흘러 벌써 죽음을 앞둔 노묘가
되었다. 죽는다는 것을 상상할 수 없을 정도로 어렸던 우
리가 이제 소라 얘기가 나오면 소라가 떠날 때 장례를 어
떻게 치러야 할지 얘기하게 된다. 죽음을 부정하지도 않
는다. 죽게 될 거란 걸 함께한 시간이 길어질수록 우리는
자연스럽게 인정하게 되었다.

우리의 생은 다르게 흐른다. 다른 속도로, 다른 시선으
로, 다른 흐름으로 흘러간다. 하지만 같은 속도도, 같은
시선도, 같은 흐름조차 될 수 없어도 삶을 나눌 수는 있
다. 소라의 머릿속엔 영원히 오빠의 존재가 잊히지 않을
것이다. 오빠의 머릿속에도 영원히 소라는 잊히지 않을
것이다. 그것이 삶을 나눴다는 증거가 아닐까.

"그래도 소라에게 내가 없는 슬픔을 주진 않아도 되잖
아."

늙어 버린 소라와 함께하는 오빠의 말 속에 그 답이 있
었다. 서로의 삶을 분명 나눴다는 것을.

삶이 죽음을
이겨 내다

"20년 전인가⋯ 아기 고양이를 데려왔어요. 키우려고 한
건 아니었는데 어찌어찌 갈 데 없는 녀석을 불쌍해서 데
려오게 됐죠. 그전까지 고양이를 키워 본 적도 없었어요.
그런데 길에서 주워 온 녀석이라 그런가. 애가 너무 약한
거예요⋯."

20년 전이라면 나는 초등학교에 막 들어갈 즈음이다. 이
어마어마한 시간을 얘기한 사람은 나와 함께 작업하던
피아니스트분이셨다. 한때 음향 엔지니어 일을 했는데 그

때 같이 일하던 피아니스트분은 나이가 내 부모님뻘인지라(실제로 나와 몇 살 차이 안 나는 아들이 있다) 보통 '선생님'이라고 부르곤 했다. 선생님은 말을 이었다.

"그렇게 한 달 뒤인가… 결국, 애가 죽었어요. 이제 겨우 석 달 살았는데 하늘나라로 간 거예요. 근데 그게 너무 충격적이어서 그 뒤로 고양이를 키울 생각도 못 했어요. 고양이를 그렇게 좋아하는데…."

나는 그 얘기에 조금 놀랐다. 항상 카리스마 넘치던 선생님이 한 달 키우다 떠난 고양이를 20년째 마음에 품고 계셨다는 것도, 또 그 뒤로 고양이는 물론 다른 동물도 키울 생각조차 하지 못했다는 말도 모두 의외였다. 이미 내 집에는 수년을 함께한 고양이가 있는데 이 고양이가 나를 떠나면 나는 어떨지 생각하기도 했다. 나도 선생님처럼 더 이상 어떤 생명도 키우지 않겠다고 다짐할까. 어떤 마음으로 키웠으면 한 달 키운 고양이가 평생 마음에 남게 될까. 그 마음을 헤아리며 말했다.

"지금은 어떠세요?"

"…사실, 고양이를 입양할까 생각 중이에요."

20년 전 고양이 얘기가 나온 것은 우연이 아니었다. 20년 전, 허무하게 떠난 첫 고양이가 있었지만 20년이 지나 선생님은 다시 고양이 입양을 생각 중이셨다.

"어떤 이유에서요?"

"이제 키울 수 있을 것 같다는 생각이 들어요. 수연 씨도 시간이 오래 지나 보면 달라지는 것들이 느껴질 거예요. 저는 이제야 느껴져요. 아, 이제 죽음도 받아들일 수 있는 때구나, 하고요. 그때는 죽음을 생각하고 키우지 않았기에 충격이었던 거죠."

선생님에게 20년의 시간은 함께하는 것에 '죽음' 또한 포함된다는 걸 인정하는 시간이었다. 그걸 알지 못했을 때는 너무나 힘겨운 시간이었지만, 시간이 약이라는 뻔하고 야속한 말이 들어맞은 것이다. 이제 고양이를 키우고 싶다는 얘길 하며 짓는 은은한 미소는 결연해 보이기도 했다. 나는 선생님이 그 누구보다 한 생명을 잘 키워 낼 것이라고 확신할 수 있었다.

그로부터 얼마 지나지 않아 선생님은 3개월 된 고양이를 입양했다. 암컷이었다. 그런데 애석하게도 입양한 지 얼마 지나지 않아 고양이가 아프기 시작했고 입양처에선 환불을 얘기했단다. 선생님은 "어떻게 가족을 환불하냐"며 불같이 화를 냈다고 했다. 그리고 동물병원을 제집 드나들 듯 다녀야만 했다.

그렇게 한 달, 두 달, 석 달이 지났다. 아기 고양이 라헬이는 조금 커서 6개월 정도가 되었다. 조금은 성묘가 되고 나니 건강 또한 자연스럽게 나아졌다. 중성화 수술까지 무사히 마쳤고 지금은 완전히 성묘가 되어 씩씩하게 살아가고 있다.

마지막으로 선생님을 만나 뵀을 때, 내게 한 말이 있다.

"라헬이 중성화시키러 갔을 때, 동물병원 원장님이 말하더라고요. 솔직히, 라헬이가 얼마 못 살 줄 알았다고요. 보호자님 정성을 알아서 라헬이가 힘을 내 준 것 같다고 얘기해 주셨어요. 그 얘길 듣고 얼마나 울었는지…"

선생님은 다 큰 라헬이의 사진을 보여 주었다. 처음 모습과 달리 무럭무럭 자라 이제 방문도 혼자 열고 들어온다고 했다. 영상에는 활기차게 뛰노는 라헬이의 모습이 담겨 있었다. 그리고 그걸 보는 시선에는 사랑이 담겨 있었다.

나는 다행이라고 생각하면서, 라헬이에게 고마웠다. 잘 살아 주어서, 잘 버텨 주어서. 어쩌면 한 번 반려묘의 죽음을 경험한 선생님이었기에 라헬이를 더 살아가게 만들 수 있지 않았을까. 동시에 생각했다. 선생님도, 라헬이도 포기하지 않았기에 죽음을 이겨 낼 수 있었다고. 삶이 죽음을 이겨 내는 순간이었다.

길고양이의
죽음

대한민국 장례명장의 이야기가 담긴 《대통령의 염장이》에서 수많은 죽음을 봐 온 저자가 바라는 죽음의 모습은 이러했다.

볕 좋은 날 아침, 할머니가 자리에서 천천히 일어나시더니 화장실로 들어가셔서 스스로 목욕을 하셨다. 그러고는 분홍 치마저고리를 꺼내 입으셨다. 할머니의 아들이 출근하면서, "어머니, 다녀오겠습니다"라고 인사하자, 소파에 앉아 느린 손짓으로 잘 다녀오라고 하셨다.

며느리가 설거지하면서 보니 할머니는 따뜻한 햇볕을 온몸으로 받으며 소파에 가만히 누워 계셨다. 한 시간 후, 청소를 마친 며느리가 어머니를 흔들어 깨웠을 땐 이미 세상을 떠나신 뒤였다. 《대통령의 염장이》 43p

할머니가 꺼내 입은 분홍색 치마저고리는 할머니가 가장 아끼는 옷이라고 했다. 자신의 죽음을 예감했던 할머니는 스스로 목욕을 하고 가장 좋아하는 옷을 꺼내 입었다. 그리고 햇볕을 받으며 조용히 죽음을 맞이했다.

갑작스런 죽음 또한 있겠지만, 이처럼 자신의 죽음을 예견하는 일 또한 드물지 않다. 자신의 죽음을 예견하는 것은 인간만이 아니다. 많은 동물이 죽음이 가까워지면 평소와 다른 행동을 보이곤 하는데 고양이 역시 그렇다. 그루밍을 하지 않거나, 애교가 많아지거나, 보이지 않는 곳으로 숨어들어 간다. 차에 치여 죽은 고양이의 사체는 볼 수 있으나 병사한 고양이의 사체를 보기 드문 것 또한 이런 이유다. 고양이는 죽을 때가 되면 자신을 보호하기 위해 어둡고 깊숙한 곳으로 숨어 버린다. 그리고 그곳에서 죽음을 맞이한다.

이러한 고양이의 습성 탓에 "고양이는 자신이 죽을 장소를 찾아간다"는 말이 있다. 집고양이야 죽을 때가 되어도 집에서 죽음을 맞이하겠지만, 길고양이는 죽을 때가 되면 자신이 죽을 장소를 스스로 찾아간다. 어두운 지하 창고, 하수구, 건물의 틈, 인간의 시선이 닿지 않는 곳에 꼭꼭 숨어 조용히 죽음을 기다린다. 지켜보는 이 없이. 슬퍼해 줄 이 없이.

나는 그런 고양이의 죽음을 마냥 부정적으로 보지 않는다. 오히려 고고함이 느껴진다. 자신이 죽을 때를 알고 받아들이는 과정은 인간에게도 어려운 일이다. 《대통령의 염장이》에서도 자신의 죽음을 받아들이지 못해 죽었는데도 눈이 감기지 않는 사람들의 이야기가 담겨 있다. 기어이 눈이 감기지 않아 거즈를 눈 위에 올려놓아야 하는 경우도 있다고 회고했다.

그런데 고양이는 다르다. 죽을 때가 되면 자연스럽게 죽을 장소를 찾는다. 스스로 혼자가 되길 자처한다. 몸을 숨기고 죽음에 어울리는 모습이 된다. 이는 죽음을 수용하는 모습이다. 자신이 죽는다는 것을 인정하고 자신이 어떤 장소에서 죽길 바라는지 선택하며 어떤 죽음을 원하는지 안다는 뜻이다. 인간이 쉽게 하지 못하는 일을 고양이는 자연스럽게 해낸다. 고양이는 이미 죽음이 무엇인지 자연스럽게 알고 있다.

사람들은 홀로 숨어 죽는 고양이가 가여울지도 모른다. 외롭고 쓸쓸하다고 생각할지도 모른다. 어떤 이는 길고양이의 죽음이 가장 낮은 곳에 존재하는 죽음이라고 표현하기도 했다. 그러나 나는 조금 다르게 생각하고 싶다. 외롭고 쓸쓸하다는 것은 인간의 기준일지 모른다고. 어차피 모든 생명이 공평하게 맞이해야 하는 죽음이라면 자신의 죽음을 어떻게 맞이할지 고민하고 선택할 수 있는 길고양이의 죽음을 조금은 배워야 하지 않겠느냐고. 수많은 죽음을 봐 온 염쟁이가 가장 닮고 싶은 죽음이라 말했던 할머니처럼.

죽음 그 이후

인간이 죽게 되면 장례를 치르게 된다. 보통 삼일장을 치르게 되며 장례식장이 정해지고 운구와 함께 상조회사와 상담, 빈소에서 손님을 받고 입관 뒤 발인으로 끝이 난다. 나는 많은 장례식을 겪어 보지 않았지만, 그나마 가까이서 본 장례식은 외할아버지의 장례식이었다.

외할아버지의 장례식은 자연스럽게 흘러갔다. 연세도 있으셨고 간암 말기 판정을 받아 남은 여생 또한 길지 않으리라는 걸 모두가 알고 있었다. 돌아가실 때도 병원에 계시지 않았다. 외할머니 곁에서 숨이 잦아들었고 조용히 돌아가셨다고 했다. 장례식에 찾아갔을 땐 이미 이모와 삼촌들이 모여 계셨다. 나는 뒤늦게 찾아온 손녀였다. 그런데도 염을 하는 모습을 직접 보았는데 생경한 모습이었다. 두려움이 들진 않았다. 이미 돌아가신 몸에 손을 대고 인사하는 것에 거부감 또한 들지 않았다.

동물이 죽으면 어떻게 되는 걸까. 먼저 반려동물이 죽게 되면 슬플 것이다. 외할아버지처럼 남은 시간이 얼마 남지 않음을 눈치채고 곁을 지킬지도 모른다. 곁에서 천천히 숨을 거둔다면 다행이다. 숨을 거둔 뒤 발견하는 것보다 미안한 마음을 줄일 수 있을 것이다. 이때 죽어 가는 반려동물을 만지기 꺼려 할 보호자가 몇이나 될까.

숨을 거둔 뒤엔 반려동물에서 사체가 된다. 고양이의 경우 기온이 높지 않으면 사체가 바로 부패하지 않기 때문에 하루 정도는 반려묘와 함께해도 괜찮다고 얘기하기도 한다. 삼일장 같은 장례식은 아니더라도 반려동물과 충분히 이별할 시간을 가져도 괜찮다는 것이다.

이미 많은 사람이 알고 있겠지만, 키우던 동물이 죽었을 때 그냥 길에 내다 버리면 사체무단투기, 임의로 소각하면 사체임의소각, 산에 묻으면 사체임의매립으로 모두 불법이다. 지방자치단체의 조례에 따르면 키우던 동물이 죽으면 종량제 봉투에 넣어 일반 쓰레기처럼 버리라고 한다. 그런데 어떻게 키우던 동물을 종량제 봉투에 넣어 버릴 수 있을까. 그래서 반려동물 화장장이 점점 늘어나고 있다(단, 화장이 생각보다 금방 이루어지므로 화장 전에 이별 시간을 충분히 가지라고 하는 것이다).

반려동물이 인간에게 중요한 요소가 되면서 생겨난 직업도 있다. 반려동물 장례지도사이다. 반려동물 장례지도사는 반려동물이 세상을 떠났을 때, 장례식을 진행하는 역할을 한다. 요즘은 반려동물도 염을 한다. 그밖에도 반려동물을 기억할 수 있는 앨범을 만들거나 반려동물의 유골로 보석을 만들어 보관할 수 있게 해 주는 업체들도 생겨나고 있다. 반려동물이 세상을 떠났을 때 어떻게 해야 하는지 관심이 점점 늘어나고 있는 것이다.

여기까지가 우리와 관계를 가진 생명의 죽음 이후의 이야기다. 하지만 죽음은 관계 밖에서도 일어난다. 우리가 알지 못하는 수많은 동물과 인간이 지금도 죽어 간다. 관계조차 없는 이들의 죽음을 모두 슬퍼한다면 살아가기 힘들 정도다.

그러나 관계없는 생명들의 죽음을 목격하기도 한다. 사고나 우연 등. 모른 척 지나가기엔 마음이 쓰인다. 길에 가다 어떻게 죽었는지도 모를 길고양이를 봤을 때도 마찬가지다. 누군가에게 닿았다면 소중했을 생명이니까.

그럼 길고양이의 죽음 이후는 어떨까. 대부분은 기관에서 처리하고 종량제 봉투에 담겨 버려진다. 물론 지자체나 센터가 확실하게 해결해 준다고는 할 수 없다. 방치된다 해도 어쩔 수 없는 일이다. 길고양이의 시체를 처리하는 것은 그들의 필수적인 임무가 아니기 때문이다. 길고양이의 시체를 발견했다고 해서 그것을 반드시 처리해야 하는 것이 우리의 임무가 아니듯이.

인간의 죽음만 '장례식'이란 제도가 있다고 하여 인간이 가장 대단한 존재인 것도 아니고 길고양이가 죽으면 종량제 봉투에 넣어 버려진다고 해서 길고양이가 하찮은 존재인 것도 아니다. 죽음 이후 슬픔 역시 내가 더 슬프다고 해서 더 가치 있는 삶이라 결정할 수 없고 내가 슬프지 않다고 해서 가치 없는 삶이었다 결정할 수 없다. 그

것은 나에 의한 판단일 뿐이니까. 나를 벗어나 생각하면 각자의 삶엔 각자의 가치가 있을 테니까.

나는 더 나은 것을 따지고 싶지 않다. 그저 죽음 그 후보다 중요한 것은 죽음 이전이 아닐까 싶다. 죽음 이전에 나와 어떤 관계였는지, 어떤 존재로서 함께했는지, 우리가 무엇을 나누며 살았는지. 그렇기에 나는 어쩔 수 없이 우리 집 고양이의 죽음을 더 슬퍼하게 되겠지.

그저 이 순간 떠나가는 모든 것을 추모하고 싶다. 인간과 고양이를 넘어선 모든 것들을.

만약 길고양이의 사체를 발견한다면 주변의 누군가 보지 않도록 가려 놓는 것을 추천한다. 길고양이의 사체를 보는 게 다소 거부감을 일으킬 수 있다는 이유에서다. 그 뒤엔 사체를 비닐봉지에 담아 종량제 봉투에 버리는 것이 방법이다. 하지만 현실적으로 사체를 직접 처리하는 것은 어려운 일이다. 죽으면서 혈액이나 오물이 새어 나오기도 하고 부패한다면 냄새가 나고 벌레도 꼬이기 때문이다. 이럴 때는 기관에 도움을 요청하라고 한다. 구 단위의 환경 담당 부서, 소방서,

지역 동물보호단체 혹은 지자체 센터에 도움을 요청할 수 있다. 통합적으로 지역단체를 안내해 주는 곳은 없기 때문에 이럴 경우 114나 120 또는 인터넷 검색을 통해 연락해야 한다. ('젤리페즈의 고양이 이야기' 참고)

생로병사

[생로병사]
-(명사·불교) 사람이 나고 늙고 병들고 죽는 네 가지 고통.

인간은 살아가며 나고 늙고 병들고 죽는다. 이를 생로병사라 한다. 하지만 그것이 어디 인간뿐이겠는가. 식물도, 동물도 생로병사를 겪는다. 나면 늙기 마련이고 늙으면 병들기 마련이며 병들면 죽기 마련이다.

"오빠는 소라가 떠나면 어떻게 할 거야?"

오랜만에 방문한 오빠 집에서 볼 수 있는 소라의 모습은 빼꼼 내민 귀와 꼬리뿐이었다. 따로 산 지도 어느덧 10년이니 그럴 만했다. 애써 아는 체를 해 보아도 납작해진 귀는 불편한 심기를 드러냈다.

"장례 치러야지."

오빠가 무심하게 컴퓨터 화면에 눈을 두고 말했다. 어릴 적엔 크게 느꼈던 소라도 10년이 지나자 조그마해 보였다. 살이 빠진 것인지, 내가 자란 것인지. 통통했던 양 볼은 얄팍해졌고 비만을 걱정하던 몸이 어느새 앙상한 팔다리가 되어 있었다.

"병원은 데려가 봤어?"
"심한 건 아니고, 잇몸이 상해서 발치해야 한대."
"돈 많이 들겠네."
"어쩔 수 없지."

그래도 이 정도면 건강하다고 했다. 앞으로 몇 년은 더 살 거라고. 그래도 고양이 나이로 지긋한 노묘가 된 소라는 예전 같은 기운은 없어 보였다. 오빠 역시 소라를 애 틋하게 생각했다. 하지만 소라가 언젠가 떠나야 한다는 것은 받아들이고 있었다.

"소라 아프니까, 돈 생각나더라. 예전에 너 아플 때 엄마 가 왜 돈부터 찾았나 이해됐어."

역시나 모니터에서 눈을 떼지 않고 오빠가 툭 말을 던졌 다. 나는 "철들었네"라고 받아쳤다. 그렇다고 오빠의 철든 말이 반갑지는 않았다. 이왕이면 모르는 대로 살아가도 괜찮은 일들이라고 생각했다.

"나이 들어서 아픈 건 어쩔 수 없어."

그 말을 하면서 오빠는 마침내 모니터에서 눈을 뗐다. 그 러고서 날 본 것은 아니고, 높은 곳에 숨은 소라를 끌어 내려 안았다. "그렇지? 소라야?" 오빠가 어울리지 않는 다 정함을 품고 소라에게 물었다. 소라는 의심스런 눈초리로 나를 쏘아보았다. 나는 오빠를 방패 삼아 소라의 머리를 한 번 쓰다듬었다. 우리 집 고양이와 달리 짧은 털이 부스스하게 느껴졌다.

"우리 애들도 늙겠지."
"그렇겠지."
"역시 장례를 치를 테고."
"그렇지."

덤덤한 대화가 이어졌다. "요즘은 화장하고 유골을 보석으로도 만들어 준다더라"라는 말이나 "수의도 입힌대"라는 현실적인 말들이 오갔다. 우리 집 고양이는 아직 못해도 10년은 더 살 거라 생각하지만, 역시나 앞으로 건강할거란 보장은 없기에 오빠와 미리 나누는 대화가 의미 없지 않았다.

"소라 얼굴 보러 왔는데, 오빠 얼굴이나 보네."

한참 고양이 걱정을 하던 나는 일어나며 말했다. 늙은 고양이를 키우고 있다는 것만으로도 만날 게임만 하는 것 같은 오빠에게서 의연함이 느껴졌다. 아, 저 사람에겐 고양이의 죽음이 나보다 더 가까운 현실일지도 모르겠구나, 하는 먹먹함과 함께. 그래도 함께 자란 가족으로서 소라의 죽음은 나와 동떨어진 일도 아니었다. 굳이 따지자면 사촌 같다고 할까. 우리 집 고양이는 내 자식, 소라는 오빠 자식.

오빠가 소라는 앞으로 더 아플 것이라고 했다. 어쩔 수 없는 일이라고, 죽을 것이라고도 했다. 그것도 어쩔 수 없는 일이라고. 나는 묻고 싶었다. "데려올 때부터 알고 있었어?" 막 고등학생이 된 오빠가 소라를 데려올 때부터 죽음을 알고 데려왔을까? 하지만 되물을 것 같아서 묻길 포기했다. 알았든 몰랐든 함께하길 택한 것은 남매가 꼭 빼닮았다고 생각했다. 이 의연함까지도. 그래도 마지막으로 물은 것은 있었다.

"소라가 떠나면 다른 고양이를 키울 거야?"
"모르겠어."
"그것도 닮았네."

역시나 그 대답마저 나와 닮아서 괜히 했구나 싶었다. 헛웃음을 지으며 소라와 언제 다시 나눌지 모르는 인사를 나눴다. 소라는 여전히 높은 곳에서 의심스런 눈초리를 보내고 있었다. 기억하려나. 함께 살던 어릴 적, 내게 다가와서 위로해 줬던 일들. 그게 뭐가 중요한가. 내가 기억하면 됐지. 나는 오빠 집을 나서며 말했다.

"또 올게."
소라는 그제야 편한 표정을 지었다. 녀석, 내 마음도 모르고.

반려 : 삶을 나누다

과거에는 함께하는 동물을 '애완동물'이라고 했으나 요즘
에는 더불어 함께 살아간다는 의미로 '반려동물'이라고
한다. 나 역시 의식적으로 반려동물이라 말하기 위해 부
단히 노력한다. 고양이와 함께 살아가는 것은 오로지 내
즐거움만을 목적으로 하지 않는다는 걸 잘 알고 있기 때
문이다.

처음 고양이를 입양하겠다 생각했을 때, 나에게 고양이
는 어쩌면 '애완'에 가까운 의미였을지도 모르겠다. 고양

이가 내 삶을 어떻게 변화시킬지 알 수 없었다. 그저 고양이와 함께한다면 더 즐겁지 않을까 생각했던 것 같다. 귀여운 존재를 매일 볼 수 있고 쓰다듬을 수 있다, 나만의 고양이가 생긴다, 이런 마음. 그러나 고양이와 살며 느꼈다. 중요한 건, 고양이가 주는 즐거움이 아니었다.

고양이와 함께하며 나는 한 생명을 책임지고 키워 내면서 겪는 고난들을 고스란히 겪어 내야 했다. 고양이가 원하는 대로 행동하지 않아도 참을 줄 알아야 했고, 하기 싫은 일을 해야 할 때가 생겼다. 화가 날 일 또한 생겨나긴 마찬가지였다. 내 밥은 챙겨 먹지 않아도 고양이 밥은 꼬박꼬박 확인하며 줘야 했고 건강도 신경 써야 했다. 혼자라면 신경 쓰지 않아야 할 것들이 고양이 하나로 넘쳐났다. 생명을 책임진다는 것의 무게였다.

하지만 나는 삶을 배웠다. 아프고 슬플 때 아무 말 없이 그저 곁에 존재하기만 하는 고양이 덕분에 살아갈 수 있었다. 내가 죽었다고 생각될 때 내 곁에서 숨 쉬는 고양이를 보자 내가 아직 죽지 않았음을 깨달았다. 내 숨소리와 고양이의 숨소리가 번갈아 들려왔다. 숨소리와 함께 마음이 오가는 것이 느껴졌다. 마음이 존재한다. 살아 있다. 아무것도 하지 않아도 괜찮다. 살아 있는 것만으로도 괜찮다. 나로서 존재해도, 아파도 괜찮다. 고양이가 곁에 있는 것만으로 위로받듯 내가 존재하는 것만으로도 누군가에게 위로가 될 수 있다. 고양이는 내게 삶을, 살아야 할 이유를 알려 주었다.

또한 고양이는 나에게 상처 주지 않았다. 상처 주지 않는 존재라는 걸 알게 되자 나는 처음으로 무언가를 온전히 사랑해 볼 수 있었다. 그렇게 사랑을 배웠다. 고양이를 통해 사랑을 배우고 이해하고 받아들였다. 마침내 나는, 나를 사랑하는 이들의 마음 또한 수용할 수 있었다.

이건 단순히 '즐거움'으로 다 말할 수 없는 것들이다. 말 그대로 삶을 나누기에 느낄 수 있는 것들이다. 그렇기에 '반려동물'이고 삶에서 죽음까지 우리는 함께해야 한다.

시작은 쉬울 수 있지만, 죽을 때까지 삶을 나눌 마음으로 함께했으면 좋겠다. 우리에게 상처 주지 않는 작은 생명들에게 우리도 상처 주지 않아야 하지 않을까.

고양이 처방전

초판 1쇄	2023년 11월 25일
글쓴이	이수연
펴낸곳	도서출판 단비
펴낸이	김준연
편집	이혜숙
그림·디자인	김선미
출판등록	2003년 3월 24일(제2012-000149호)
주소	경기도 고양시 일산서구 고양대로 724-17, 304동 2503호 (일산동, 산들마을)
전화	02-322-0268
팩스	02-322-0271
전자우편	rainwelcome@hanmail.net

ISBN 979-11-6350-102-2 03810
책값 12,000원